« JE SUIS SIMPLEMENT CE QUE JE SUIS »

HENRY DAVID THOREAU

« Je suis simplement ce que je suis »

Lettres à Harrison G. O. Blake

TRADUITES, ANNOTÉES ET PRÉSENTÉES PAR THIERRY GILLYBŒUF

La lettre et la plume

ISBN : 978-2-253-16380-0 – 1re publication LGF

« Simplifiez le problème de la vie… »

par Thierry GILLYBŒUF

Correspondance philosophique ? Traité épistolaire ? Un peu tout cela. À la manière des sages de l'Antiquité s'adressant à leur disciple. Ces lettres, qui s'échelonnent sur treize ans, constituent un prolongement précieux et inédit à *Walden* et à *La Désobéissance civile*, puisque c'est une pensée *in progress* qui s'y exprime en toute liberté. Elles sont aussi le pendant dynamique de l'immense *Journal* que Henry David Thoreau (1817-1862) rédigea tout au long de sa vie, sur les conseils d'Emerson.

Tout cela tient au genre même, puisque ces lettres n'étaient initialement pas destinées à la publication – même si par la suite leur auteur en élabora la forme parce qu'il savait qu'elles allaient être lues à un petit cénacle –, mais surtout à l'extraordinaire prescience intellectuelle de H.G.O. Blake qui sut reconnaître un « maître spirituel » chez un Thoreau qui n'avait encore publié aucun de ses textes majeurs et venait juste de quitter, quelques mois plus tôt, sa cabane en rondins au bord de Walden Pond où il s'était retiré deux années durant, pour l'« acte philosophique » qui contribuera largement à sa postérité et à sa légende.

Quand il écrit à Thoreau, en mars 1848, Harrison Gray Otis Blake (1816-1898) est un jeune veuf, père de deux fillettes, ancien pasteur unitarien qui a rompu avec son Église et gagne difficilement sa vie en dispensant des cours privés à Worcester, une petite localité du Massachusetts à quarante kilomètres au sud-ouest de Concord, la ville natale de Thoreau. Les deux hommes, qui étaient pratiquement du même âge, s'étaient vraisemblablement croisés au Harvard College de Cambridge, où Blake décrocha son diplôme de fin d'études en 1835 mais où il resta jusqu'en 1838 à la Divinity School, tandis que Thoreau en sortit diplômé en 1837. En outre, au cours de ces années de formation, les deux jeunes hommes, à quelques mois d'intervalle, avaient été profondément marqués par leur découverte de Ralph Waldo Emerson (1803-1882).

On sait quels liens unissaient l'auteur de *Nature* et Thoreau, qui avait lu ce livre dès sa publication en 1836. C'est en effet sous l'influence et les encouragements d'Emerson, qui s'était installé à Concord en 1834, que le jeune Thoreau va se tourner vers l'écriture, fréquenter assidûment le Club Transcendantal de la ville qu'animait son aîné et explorer la bibliothèque de celui-ci où il va s'initier à la philosophie orientale. Thoreau aimait la pensée contradictoire d'Emerson, admirait son caractère dissident et s'était montré très sensible à son appel à un individualisme américain inspiré par la nature. Emerson joua alors auprès de Thoreau le rôle du maître, en le présentant à l'intelligentsia de la Nouvelle-Angleterre et en lui permettant de publier essais et poèmes dans *The Dial*, l'organe du mouvement transcendantaliste qu'il dirigeait. Enfin, c'est encore Emerson qui avait acquis le terrain sur lequel Thoreau construira sa cabane de Walden.

De son côté, le jeune Blake qui avait en charge, avec deux de ses camarades, l'organisation de la cérémonie de remise de diplôme, avait fait en sorte qu'Emerson puisse venir y prononcer le discours de clôture. Ce que fit ce dernier le 15 juillet 1838, devant la faculté de théologie de Harvard, dans son célèbre et révolutionnaire *Divinity School Address*, au cours duquel il exhorta les étudiants venus l'écouter « à aller seuls, à refuser les bons modèles, même ceux qui sont sacrés dans l'imaginaire des hommes ». Ce discours fit si forte impression sur le jeune Blake que, dans les années qui suivirent, il quitta à son tour l'Église – comme Emerson l'avait fait en 1832 – et se mit à lui écrire régulièrement et à lui rendre visite à l'occasion, dans sa maison de Concord. C'est vraisemblablement là, vers 1844 ou 1845, qu'Emerson le présenta à Thoreau et que les deux jeunes hommes lièrent langue.

Blake se souvient « de quelques remarques sur l'astronomie et de son manque d'intérêt pour les études livresques, leur préférant celles qui sont directement en contact avec le monde ». Mais au cours de cette première conversation, Thoreau lui parla aussi de son intention de se retirer de la civilisation et de vivre dans les bois, dans une petite maison qu'il aurait construite. Blake lui demanda s'il ne craignait pas de regretter la compagnie de ses amis, à quoi Thoreau lui répondit : « Non, je ne suis rien. » Cette réponse produisit un tel effet sur Blake que, quand ce dernier lut au printemps 1848 le bref essai que Thoreau avait consacré au poète satyrique romain *Aulus Persius Flaccus*, paru huit ans plus tôt dans *The Dial*, il se décida à lui écrire. Outre cet article, Thoreau n'avait alors publié qu'une *Histoire naturelle du Massachusetts* et un poème, mais il avait déjà rédigé *Une semaine sur les fleuves Concord et Merrimack*, récit d'une équipée « initiatique » avec son frère, et les premières pages de *Walden, ou La vie dans les bois*, juste après avoir quitté sa retraite le 6 juillet 1847. Conformément à ce qu'il avait expliqué à Blake lors de leur rencontre chez Emerson, Thoreau entendait y démontrer, en s'installant « hors du monde », la nécessité d'être au monde et affirmer son aspiration à « une vie transcendantale dans la nature ».

C'est dans ce contexte que débute la correspondance entre les deux hommes. On ne peut que s'émerveiller de ce que Blake ait su déceler, dans cet article somme toute secondaire sur un auteur romain qui lui sert de prétexte pour écrire à Thoreau, la portée et la singularité de cette pensée en mouvement, qui ne cessera de se nourrir, de s'enrichir de ses lectures – en particulier les textes sacrés de l'Extrême-Orient –, de sa « formation » transcendantale, mais aussi de ce contact privilégié avec la nature qu'il n'a cessé de rechercher, tant par son séjour de Robinson volontaire à Walden que par ses excursions en compagnie, parfois, de Blake, forgeant chez lui une « vision de la vie comme pèlerinage vers la source de la vérité ». Quarante ans après cette première lettre, H.G.O. Blake confiera modestement : « Peut-être que le meilleur service que j'aie rendu à mes compatriotes fut, comme les meilleurs services que nous rendons d'une manière générale, celui de, sans le vouloir, simplement reconnaître Thoreau à une époque où il n'était guère reconnu, en lui offrant, selon ses propres termes, “une possibilité de vivre”, grâce à [s]es lettres. »

Entre deux billets pour convenir de l'organisation d'une conférence ou arranger les détails d'un voyage dans les forêts du Maine ou à Cape Cod – destinations qui inspirèrent à Thoreau deux récits, *Les Forêts du Maine* (1864) et *Cape Cod* (1865), publiés à titre posthume grâce à Blake qui héritera de ses manuscrits et de son journal –, Thoreau envoie de longues lettres à son ami, dans lesquelles il développe, articule, éprouve les idées qui sous-tendent sa philosophie. Cette amitié épistolaire lui permet de s'adresser en toute liberté à quelqu'un qu'il sait réceptif à sa pensée. Thoreau a pu, en effet, avoir le sentiment de prêcher dans le désert, les deux seuls ouvrages qu'il a publiés de son vivant étant passés plus ou moins inaperçus, et de ne trouver qu'un auditoire réduit à un petit cénacle d'amis à Concord. Conscient désormais de jouer le rôle de « maître spirituel » que Blake attend de lui, il rédige ses lettres comme autant de petits essais libres dans le ton autant que dans la forme, rechignant à donner à sa pensée une structure qui eût pu l'ériger en système. Ces lettres donnent à voir une *Weltanschauung* dans ses phases successives, avec une clarté inhabituelle chez leur auteur. Elles permettent aussi à Thoreau de consacrer deux essais à une thématique qu'il n'aborde presque jamais dans le reste de son œuvre, Blake lui ayant demandé de lui parler de l'amour, de la chasteté et de la sensualité, à l'occasion de son remariage avec une de ses étudiantes issue d'une famille aisée de Worcester.

Ce changement majeur dans la vie de l'instituteur eut une incidence inattendue sur le ton de cette correspondance. En effet, dégagé des soucis matériels – même s'il continua d'enseigner dans sa propre école privée pour jeunes filles –, il put acheter une maison au sommet d'une colline, qui allait accueillir un groupe d'amis appartenant à l'élite libérale de la ville, parmi lesquels un tailleur, Theophilus « Theo » Brown dont il est souvent question dans cette correspondance, le commerçant Henry Harmon Chamberlin, le médecin hydropathe Seth Rogers et trois pasteurs, Thomas Wentworth Higginson, Edward Everett Hale et David Atwood Wasson, qui ne tardèrent pas à former une sorte de « Thoreau Club ». Ils se réunissaient régulièrement au 3 Bowdoin Street, la résidence du couple Blake, ou bien dans l'arrière-boutique de Brown, dans Main Street. En effet, quand Thoreau adressait un long courrier à son ami, celui-ci envoyait une invitation aux autres membres de la coterie Thoreau de Worcester, en ces termes : « M. H.G.O. Blake vous adresse ses hommages. Il aimerait que vous lui fassiez le plaisir de votre compagnie au petit-déjeuner demain matin chez lui, au 3 Bowdoin Street, où il lira des extraits de la toute dernière lettre de M. Thoreau ». Conscient de ne plus s'adresser à un seul destinataire, Thoreau ne tarde pas à modifier le ton de ses lettres qui devient plus volontiers didactique et assuré. Ce qui peut expliquer parfois le caractère presque « impersonnel » de certaines, comme l'avait noté Blake lui-même, mais Thoreau n'avait-il pas dit : « Nos pensées font date dans nos vies, tout le reste n'est que le catalogue des vents qui ont soufflé alors que nous étions au monde » ? Mais le destinataire privilégié de cette correspondance ne semble pas en avoir souffert qui, à la fin de sa vie, confiait à un ami : « Quand nous étions ensemble, nous rechignions à parler de sujets personnels. Il était tourné avec tellement de résolution et de sérieux vers ce qui est essentiel dans notre expérience que, comparé à tous ceux que j'ai connus, il ne m'a guère laissé d'impression particulière. La chaleur, la souplesse et la familiarité personnelle sont, bien entendu, agréables chez ceux qu'on côtoie et semblent nécessaires dans les relations humaines, mais elles ne me manquaient pas chez Thoreau qui était, de son vivant, et l'est toujours dans mon souvenir et dans ce qu'il nous a laissé, un témoin si efficace de ce qu'il y a de plus élevé et de plus précieux dans la vie. »

Blake n'a cessé de lire et de relire ces lettres dans lesquelles il disait toujours trouver une pensée nouvelle et instructive qui lui donnait la force de poursuivre cette réforme de soi, individuelle sans être individualiste, que n'a cessé d'appeler de ses vœux celui qu'il s'était choisi comme maître. Il a très vite pris conscience de leur contenu exceptionnel, envisageant dès 1859 – du vivant de Thoreau – de les publier avec notes et commentaires. Il ne mena jamais ce projet à son terme. Il avait pourtant récupéré en 1876, grâce à Sophia, la jeune sœur de l'écrivain, ses propres lettres dont il jugeait que le seul intérêt tenait à ce qu'elles questionnaient Thoreau. Mais il les prêta par la suite à Franklin Benjamin Sanborn (1831-1917), le premier biographe de l'auteur de

Walden, à la mort duquel elles furent probablement détruites. Il n'en reste que ce seul extrait que nous publions et qui constitue l'amorce de cette correspondance. Qu'à cela ne tienne, pour cet homme généreux et effacé qu'était Harrison Gray Otis Blake, ces lettres de Henry David Thoreau ne lui étaient pas tant destinées à lui « qu'à ceux qui sauront mieux les lire ».

LETTRE I

Lettre de H.G.O. Blake à H.D. Thoreau

[Worcester[1], Massachusetts, mars 1848]

Votre article[2] m'a rappelé la première impression que je m'étais faite de vous, à la suite de certains propos que vous aviez tenus…

La dernière fois que je suis allé à Concord, vous aviez émis l'idée de vivre à l'écart de notre civilisation. Je vous ai demandé si la compagnie de vos amis ne vous manquerait pas. Ce à quoi vous m'aviez répondu, en substance : « Non, je ne suis rien. »

Cette réponse m'a particulièrement frappé. Elle attestait d'une telle profondeur, d'un renoncement si complet, d'un équilibre et d'une confiance en l'univers qui sont véritablement inimaginables pour moi. Pour vous cela semblait naturel et moi je contemplais tout cela avec vénération. Je voulais connaître cette âme capable de dire : « Je ne suis rien. » Je voulais que ses paroles m'éveillent à une vie plus vraie et plus pure.

En moi, avec un sens nouveau, semble se faire jour l'idée que Dieu est là, que nous n'avons qu'à nous incliner à chaque instant devant Lui en signe de profonde soumission et qu'Il remplira nos âmes de Sa présence. Tous nos devoirs semblent se concentrer dans cette ouverture de l'âme à Dieu ; qu'avons-nous d'autre à faire ?...

Si je ne me trompe, le sens de votre vie est le suivant : vous voudriez vous affranchir de la société, de l'asservissement aux institutions, aux coutumes et autres conventions, afin de mener une vie simple et pure avec Dieu. Au lieu d'insuffler une vie nouvelle dans le quotidien, vous voudriez parvenir à cette nouvelle vie tant extérieurement qu'intérieurement. Pour moi, il y a dans cette attitude quelque chose de sublime – dont je suis on ne peut plus éloigné...

Parlez-moi maintenant comme je vous y invite...

Je vous respecte et vous admire parce que vous vous abstenez d'agir et que vous ouvrez votre âme afin de pouvoir, en quelque sorte, *être.* Dans ce monde peuplé d'acteurs ternes et bruyants, il y a une certaine noblesse à s'écarter et à déclarer : « Je vais tout simplement *être.* » Si je pouvais entrer de plain-pied dans la vérité, en réduisant mes besoins au strict minimum, je me retrouverais aussitôt plus près de la nature et de mes semblables – et ma vie en serait infiniment plus riche. Mais, hélas ! je tremble sur la rive...

LETTRE II

Concord, 27 mars 1848

Je suis heureux d'apprendre que certains de mes propos, bien que je les aie tenus il y a si longtemps que je ne puis guère me reconnaître dans leur auteur, vous aient touché. Cela me fait plaisir, c'est donc que j'ai raison de supposer que j'ai parlé de ce qui intéresse les hommes, et que l'homme ne s'adresse jamais en vain à l'homme. Tel est le mérite de la littérature. Mais ces jours-là sont si lointains, dans tous les sens du terme, qu'il me faut relire cette page pour voir quelle était la teneur de mes pensées à cette époque. Quoi qu'il en soit, cet article a de la valeur à mes yeux, ne serait-ce que parce qu'il a été à l'origine de votre lettre.

Je crois fermement que vie extérieure et vie intérieure sont liées. Si un homme réussissait à mener une vie plus noble, les autres le rejetteraient ; la différence engendre la distance. Essayer de vivre une vraie vie, c'est entreprendre un voyage pour une contrée lointaine, se retrouver progressivement entouré par de nouveaux décors et de nouveaux hommes. Mais tant que l'ancien monde m'entoure, je sais que je ne mène pas, au véritable sens du terme, une vie nouvelle ou meilleure. La vie extérieure n'est que le reflet de ce qui est à l'intérieur. Les hommes ne sont pas cachés par leurs habitudes, mais révélés par elles : elles sont leurs vrais vêtements. Les raisons particulières qu'ils seraient susceptibles de donner pour expliquer pourquoi ils s'y conforment n'ont aucune importance à mes yeux. La vie n'est ni rigide ni inflexible, mais nos coutumes, elles, le sont. Nous sommes parfois enclins à parler vainement, comme si quelque vie divine allait venir construire sur notre présent comme sur de solides fondations. Cela ne serait possible que si nous pouvions vraiment rebâtir sur notre ancienne vie, en faisant fi de la chaleur de nos sentiments, et en laissant pourrir notre passé. La grive, elle, construit son nid sur les œufs du coucou avant de pondre les siens et ainsi, ne couve que ces derniers ; mais le fait est que nous – ainsi se fait le partage –, nous faisons éclore tous les œufs et ceux du coucou toujours un jour plus tôt que les autres, de sorte que cet oisillon chasse les jeunes grives du nid. Non ! Détruisez l'œuf du coucou, ou bien bâtissez un nouveau nid.

Du passé il faut faire table rase. Nulle vie nouvelle ne peut habiter de vieux corps. Ils se flétrissent alors qu'elle naît, grandit et s'épanouit. Les hommes doivent l'accepter et l'endosser, après avoir pathétiquement informé l'ancienne. Pourquoi supporter l'hospice quand vous pourriez aller aux cieux ? C'est de l'embaumement, ni plus ni moins. Laissez tomber vos onguents et vos bandelettes de lin, et entrez dans un corps nouveau-né. Voyez dans les catacombes d'Égypte les résultats de cette pratique – c'en a été la fin.

Je crois en la simplicité. Il est aussi étonnant qu'affligeant de constater combien de tâches insignifiantes l'homme le plus avisé croit devoir accomplir chaque jour, et combien il néglige la plus importante. Quand le mathématicien doit résoudre un problème difficile, il libère au préalable l'équation de tout ce qui l'encombre et la réduit à ses termes les plus simples. Aussi, simplifiez le problème de la vie, distinguez le nécessaire et le vrai. Sondez la terre pour voir où plongent vos racines. J'entends m'en tenir aux faits. Pourquoi ne pas voir, ne pas se servir de nos yeux ? Les hommes ne savent-ils donc rien ? J'en connais plus d'un qui, dans les affaires courantes, se sentent sûrs d'eux, ne se fient pas aux apparences, comptent leur argent sans se tromper et savent comment l'investir, que l'on dit prudents et sages, et qui pourtant passeront la majeure partie de leurs vies derrière un bureau, comme les caissiers dans une banque. Ils mènent une vie terne, s'étiolent et s'éteignent. S'ils *savent* quelque chose, alors pourquoi diable font-ils cela ? Savent-ils ce qu'est le *pain*, à quoi il sert ? Savent-ils ce qu'est la vie ? S'ils *savaient* vraiment quelque chose, ils ne resteraient pas indéfiniment là où ils sont.

Notre respectable vie quotidienne, celle dans laquelle se campe si robustement l'homme de bon sens, l'Anglais en ce monde[3], et sur laquelle reposent nos institutions, est en fait la plus grande des illusions, et se dissipera un beau jour tel un fantasme sans assises[4]. Mais cette faible lueur, ce semblant de réalité, éclaire parfois les ternes jours des hommes et révèle quelque chose de plus résistant et de plus durable que le diamant : la pierre angulaire du monde.

Les hommes sont incapables d'imaginer un but si parfait qu'il ne puisse être atteint. Un homme peut-il en toute honnêteté considérer sa propre expérience et affirmer cela ? Pouvons-nous encore avancer lorsque nous déclarons que nos rêves sont prématurés ? Avez-vous jamais entendu parler d'un homme qui toute sa vie durant, seul et loyalement, se soit efforcé d'atteindre un objectif et n'y soit pas parvenu ? Si un homme ne cesse de caresser quelque ambition, ne s'en trouve-t-il pas comme grandi ? Est-il jamais arrivé qu'un homme qui se soit voué à l'héroïsme, à la magnanimité, à la vérité et à la sincérité, n'en ait tiré aucun avantage, qu'il se soit dit que c'était un vain effort ? Bien entendu, nous ne nous attendons pas à ce que notre paradis soit un jardin. Nous ne savons pas ce que nous demandons[5]. Si l'on s'en tient à la littérature, l'homme a de tout temps nourri maintes belles pensées, mais bien peu ont été formulées ! Toujours est-il que notre vision n'a jamais été à ce point subtile et impalpable que le *talent pur*, avec beaucoup de détermination, une opiniâtreté indéfectible, et après mille échecs, ne puisse parvenir à la fixer et à la graver avec des mots clairs et durables. Nous ne devrions pas perdre de vue que nos rêves constituent les faits les plus solides que nous connaissions. Mais je ne parle pas vraiment de rêves.

Ce qui peut être exprimé par des mots peut l'être dans la vie.

Ma propre vie est un fait dont je n'ai pas lieu de me féliciter, je ne respecte que ma foi et mes aspirations. C'est par elles que je parle. La situation de chaque homme est en réalité trop simple pour être décrite. Je n'ai prêté aucun serment. Je n'ai aucun dessein pour la société, la nature ou encore Dieu. Je suis simplement ce que je suis, ou du moins je commence à l'être. Je *vis* dans le *présent*. Je ne fais que me souvenir du passé, et j'anticipe le futur. J'aime vivre, je préfère la réforme à ses modes. Il n'existe pas d'histoire qui raconte comment le mal est devenu le bien. Je crois en quelque chose, et il n'existe rien d'autre que cela. Je sais que je suis. Je sais qu'il y a quelqu'un d'autre qui en sait plus que moi et s'intéresse à moi, dont, en quelque sorte, je suis la créature et le parent. Je sais que l'entreprise est digne. Je sais que les choses fonctionnent bien, qu'il n'y a aucun problème.

Quant à notre attitude – dans l'ensemble et dans le détail – quelle est-elle ? Par temps clair, quand nous scrutons les cieux, que voyons-nous d'autre que l'azur et le soleil ?

Si vous voulez convaincre un homme qu'il agit mal, agissez bien. Mais ne vous souciez pas de le convaincre. Les hommes croient ce qu'ils voient. Alors, donnez-leur à voir !

Poursuivez votre route sans relâche, tournez autour de votre vie comme un chien autour du fauteuil de son maître. Faites ce que vous aimez. Apprenez à connaître votre os, rongez-le, enterrez-le, déterrez-le et rongez-le encore. Ne soyez pas trop moral. Vous risqueriez de vous priver de beaucoup de vie. Visez plus loin que la moralité. Ne soyez pas *simplement* bon, mais soyez bon pour quelque chose. Certes, toutes les fables ont leur morale, mais l'innocent aime l'histoire.

Ne laissez rien s'immiscer entre la lumière et vous. Respectez les hommes, mais seulement comme des frères. Si vous voyagez vers la Cité céleste, vous n'avez pas besoin de lettre d'introduction. Si vous frappez à la porte, demandez à voir Dieu, et non l'un ou l'autre de Ses serviteurs. Pour ce qui vous tient le plus à cœur, ne comptez pas sur vos compagnons : sachez que vous êtes seul au monde.

J'écris comme ça, au petit bonheur. J'ai besoin de vous voir, et je crois que je le ferai, pour rectifier mes erreurs. Vous avez peut-être des pistes à me proposer.

Henry Thoreau

LETTRE III

Concord, 2 mai 1848

« Il nous faut notre pain. » Mais qu'est-ce que notre pain ? Est-ce celui du boulanger ? Il me semble que cela devrait être un pain entièrement *fait maison*. Qu'est-ce que notre viande ? Est-ce celle du boucher ? Qu'est-ce que nous *devons* avoir ? Ce pain que nous gagnons aujourd'hui est-il doux ? N'est-ce pas du pain qui, malheureusement, est devenu aigre et qu'un alcali a adouci, qui est passé par la fermentation vineuse, acéteuse et parfois putride, avant d'être blanchi au vitriol ? Est-ce là le pain qu'il nous faut ? Bien sûr, l'homme doit gagner son pain à la sueur de son front, mais aussi à la sueur du cerveau derrière son front. Le corps ne peut nourrir que le corps. J'ai goûté bien peu de vrai pain dans ma vie. Il n'a été que simple pitance et pure provende pour l'essentiel, mais pratiquement jamais ce pain qui nourrit le cœur et le cerveau. Il n'y en a pas, même sur la table des plus riches.

Il n'existe pas qu'un seul type de nourriture pour tous les hommes. Vous devez nourrir et vous nourrirez les facultés que vous exercez. Le travailleur dont le corps est las ne réclame pas la même nourriture que l'érudit dont le cerveau est las. Les hommes ne devraient pas travailler inconsidérément comme des brutes, mais le cerveau et le corps devraient toujours, ou du moins autant que faire se peut, travailler et se reposer ensemble ; si bien que quand le corps aura faim, le cerveau aura faim lui aussi, et que la même nourriture suffira pour les deux. Dans le cas contraire, la nourriture qui compensera l'énergie perdue par le corps surmené oppressera le cerveau sédentaire, tandis que l'érudit chétif en viendra à se contenter d'une nourriture très ordinaire, et tous répondront à une simple exigence physiologique.

Comment gagner notre pain, c'est là une question majeure, mais c'est une douce et séduisante question. Ne l'éludons pas comme nous le faisons d'ordinaire. C'est la question la plus importante et la plus concrète qui se pose à l'homme. Gardons-nous d'y répondre avec précipitation. Ne nous contentons pas de gagner notre pain de façon grossière, négligente et hâtive. Certains vont chasser et d'autres pêcher, certains vont jouer et d'autres encore partent à la guerre, mais aucun d'eux ne passe de moment aussi agréable que ceux qui cherchent à gagner leur pain pour de bon. Dans les faits, dans la réalité, sur le plan matériel comme sur le plan spirituel, il est vrai que ceux qui cherchent honnêtement et sincèrement, de tout leur cœur, de toute leur vie, de toute leur force, à gagner leur pain, le gagnent vraiment et celui-ci leur est agréable. Un petit quignon de pain – quelques miettes suffisent, s'il est de bonne qualité, car il est infiniment nourrissant. Alors, que chaque homme avant de mourir gagne au moins une miette de pain pour son corps et en connaisse le goût, il est identique à celui du pain de vie[6], et que les deux soient engloutis d'une seule et même bouchée.

Notre pain n'a nul besoin d'être aigre ou difficile à digérer. Ce que la Nature est à l'esprit, elle l'est aussi pour le corps. De même qu'elle nourrit mon imagination, elle nourrira mon corps, car elle dit bien ce qu'elle veut dire, et elle est prête à le faire. Elle n'est pas simplement belle aux yeux du poète. Il n'y a pas que l'arc-en-ciel et le crépuscule qui soient beaux, mais le fait d'être nourris et vêtus, bien abrités et réchauffés, voilà aussi qui est beau et vivifiant. Il n'existe pas forcément de choses laides et grossières qui ne puissent être éradiquées de la vie d'un homme. Nous devrions, dans la pratique, nous efforcer de corriger toutes les insuffisances de nos vies détectées par notre imagination[7]. Les cieux sont aussi profonds que nos aspirations sont élevées. Aussi haut qu'un arbre aspire à pousser, il trouvera une atmosphère parfaitement adaptée à ses besoins. Chaque homme doit incarner une force totalement irrésistible. Comment diable un homme qui ose totalement *être* pourrait-il se montrer faible ? Même les plantes les plus frêles se fraient un chemin dans la terre, aussi dure soit-elle, et dans les crevasses des rochers. Mais l'homme ne sait pas résister à une force matérielle. Quel coin, quel maillet, quelle fronde peut devenir un homme *sage* ! Qu'est-ce qui peut lui résister ?

Le fait qu'un homme puisse être bon ou *mauvais* est quelque chose de capital. Sa vie peut être *vraie* ou bien *fausse* ; elle peut le couvrir de honte ou être à son honneur. L'homme bon se construit ; l'homme mauvais se détruit.

Mais quoi que nous fassions, nous devons le faire avec confiance (si nous sommes timides, alors agissons avec timidité), sans attendre plus de lumière, mais en prenant soin d'en avoir suffisamment. Si nous préférons attendre davantage, soit, attendons. Mais alors quoi ? N'avons-nous pas déjà assez attendu ? Est-ce le commencement du temps ? Se peut-il qu'un homme ne voie pas plus loin avec netteté, quand bien même ce ne serait qu'à un cheveu de l'endroit où il se trouve ?

Si quelqu'un hésite sur le chemin qu'il doit emprunter, qu'on lui laisse la possibilité de ne pas avancer. Respectons ses doutes, car les doutes aussi peuvent porter en eux quelque chose de divin. Ce n'est pas notre manque de confiance qui est pathétique, mais notre peu de foi. Par la foi se gagne la confiance. Quand, au cours de sa vie, un homme s'écarte, ne serait-ce que d'un angle infinitésimalement aigu, de la route qui lui est échue (et ce n'est jamais tout à fait inconscient, même au début ; en fait, c'est là son grand péché écarlate[8] – ah ! il en sait davantage que ce qu'il veut bien dire), alors le drame de sa vie vire à la tragédie et se précipite directement vers son cinquième acte. Une fois que nous avons chuté ainsi, il est impossible de dénombrer les obstacles qui se dressent sur notre chemin, plus personne n'est assez sage pour nous prodiguer des conseils, et personne n'est assez puissant pour nous aider quand nous demeurons sur cette voie. Certains sont accablés par leurs *devoirs* et leurs *manquements à leurs devoirs*. C'est pour eux qu'a été établi le décalogue, ainsi que d'autres codes beaucoup plus volumineux et effroyables.

Ces écarts – qui ne les a pas commis ? car ils sont aussi imperceptibles que la parallaxe d'une étoile fixe, et au début nous nous persuadons qu'ils ne sont rien – ont leur origine dans une sorte de sommeil et d'oubli de l'âme quand elle est néant. Un homme n'est jamais trop prudent quand il veut rester dans le droit chemin, et soyez sûr qu'à chaque instant il voit tout ce qu'il doit voir, afin de pouvoir deviner quel chemin il doit emprunter.

Vous vous demandez s'il n'entre pas quelque théorie de la tristesse dans ma philosophie. Je crains fort de savoir peu de chose sur l'extrême chagrin. Ma tristesse et mes peines les plus profondes finissent toujours par ne me laisser que des regrets passagers. Peut-être qu'à la place du chagrin, je n'éprouve qu'une rude indifférence, qui n'en est que plus stérile. Je suis de la race du gazon et partage largement sa patience monotone – attendant en hiver le soleil du printemps. Dans les moments les plus pauvres de mon existence, je ne suis pas loin de penser qu'il ne m'appartient pas de « chercher les choses d'en haut[9] », mais qu'il m'appartient davantage de me chercher. Je sais très bien ce que Goethe voulait dire quand il déclarait qu'il n'avait jamais connu le moindre chagrin, mais qu'il en avait fait un poème[10]. Je ne manque pas de cette patience-là. Je me satisfais trop facilement d'un bonheur léger, presque animal. En fin de compte, mon bonheur ressemble beaucoup à celui des marmottes.

J'ai le sentiment de n'être jamais vraiment engagé dans quoi que ce soit et jamais totalement la créature de mes humeurs, étant toujours plus ou moins leur critique. Ma seule expérience intégrale est dans ma vision. Je vois, peut-être, avec plus d'intégrité que je ne ressens.

Mais je n'ai nul besoin de vous dire quel genre d'homme je suis – mes vertus ou mes vices. À vous de juger si cela en vaut la peine. Pour ma part, j'ai un peu de mal à faire la différence entre les deux.

Cette fois, je ne vous écris pas de ma cabane dans les bois. Je vis actuellement chez Mme Emerson, dont la maison m'est accueillante depuis longtemps, afin de lui tenir compagnie durant l'absence de M. Emerson[11].

Vous vous apercevrez que je m'adresse peut-être aussi souvent à moi-même qu'à vous.

LETTRE IV

Concord, 17 avril 1849

Cher Monsieur,

J'ai l'intention de quitter Concord pour me rendre à Worcester, via Groton, à 12 heures le vendredi qui vient[12]. M. Emerson me dit que cette route-là prendra deux jours. Quoi qu'il en soit, j'essaierai de dégager 3 ou 4 heures pour vous voir, vous et Worcester, avant la conférence.

Bien à vous en toute hâte

Henry D. Thoreau

LETTRE V

Concord, 10 août 1849

M. Blake,

Aujourd'hui, je vous écris surtout pour vous dire, avant qu'il ne soit trop tard, que je serai heureux de vous voir à Concord et de vous offrir une chambre, etc., dans la maison de mon père[13], et autant de ma pauvre compagnie que vous pourrez en supporter.

Je suis trop pressé[14] pour parler de votre situation ou de la mienne. Je pourrais dire – vous pourriez dire aussi – toutes proportions gardées : ne vous souciez pas trop d'éviter la pauvreté. En ce sens, la richesse de l'univers peut être investie en toute sérénité. Quel dommage que nous ne vivions pas ce court laps de temps qui nous est accordé en accord avec les lois de la durée – les lois de l'éternité ! Faisons en sorte de nous tenir debout en ce monde, et non de nous étendre de *tout notre long* dans la boue. Que notre médiocrité soit notre piédestal et non notre coussin. Au cœur de ce labyrinthe, vivons le *fil*[15] de notre vie. Nous devons poursuivre un objectif *unique* de façon si rapide et si irrésistible que nos vices resteront inévitablement à la traîne derrière nous. Le noyau d'une comète est presque une étoile. Y eut-il jamais plus authentique dilemme ? Les lois de la Terre sont pour les pieds, autrement dit pour l'homme inférieur ; les lois des cieux sont pour la tête, autrement dit pour l'homme supérieur. Ces dernières sont les mêmes que les précédentes, mais sublimées et développées, tout comme les rayons qui partent du centre de la Terre vont divergeant dans l'espace. Heureux l'homme qui se conforme à la loi céleste et à la loi terrestre en de justes proportions, dont chaque faculté, depuis la plante des pieds jusqu'au sommet du crâne, obéit à la loi qui lui correspond, qui jamais ne se courbe ni ne se dresse sur la pointe des pieds, mais mène une vie équilibrée, acceptable pour la nature et pour Dieu.

Je dis ces choses-là, et pourtant j'en fais d'autres.

Je suis désolé d'apprendre que vous n'avez pas reçu mon livre[16] plus tôt. Je l'ai adressé à la boutique de Munroe et l'y ai laissé afin qu'il vous soit envoyé immédiatement, le vingt-six mai, avant même qu'un seul exemplaire n'en ait été vendu.

Voulez-vous bien rappeler mon bon souvenir à M. Brown[17], quand vous le verrez la prochaine fois : son souvenir reste vivace dans l'esprit de

Henry Thoreau

Je vous dois encore une réponse digne de ce nom.

LETTRE VI

Concord, 20 nov. 1849

M. Blake,

Je n'ai pas oublié que je suis votre débiteur. Quand je lis vos lettres, comme je viens de le faire, j'ai le sentiment d'être indigne de les recevoir ou d'y répondre, même si elles sont adressées, comme je le souhaite, à mon moi idéal. Il m'incombe, si je veux être à leur hauteur, de faire parler la partie la plus essentielle de mon être.

Je subsiste en ce moment grâce à certaines fleurs sauvages que la Nature me prodigue, qui me sustentent inexplicablement et enrichissent ma vie en apparence pauvre. En un an, mes promenades à pied m'ont mené plus loin, et chaque après-midi ou presque (en matinée, je lis, écris ou fabrique des crayons[18], moyen grâce auquel je gagne de quoi vivre pour mon corps) je m'en vais voir une nouvelle colline, une nouvelle mare ou une nouvelle forêt à plusieurs miles d'ici. Je suis toujours étonné par ces merveilleux endroits retirés où je me promène, ne faisant que de rares rencontres, ne voyant jamais personne engagé dans la même entreprise que moi, sauf mon compagnon[19] quand j'en ai un. J'ai vraiment l'impression que, de tous les humains présents dans la nature alentour, nous sommes les deux seuls à avoir le loisir d'admirer et d'apprécier notre héritage.

« Libres en ce monde, comme les oiseaux dans les cieux, affranchis de toute forme de chaînes, ceux qui ont pratiqué le *yoga* recueillent en Brahma le fruit de leur labeur[20]. »

Il en résulte que, tout rustre et négligent que je sois, je pratiquerais volontiers le *yoga* consciencieusement.

« Le yogi, absorbé dans la contemplation, apporte sa contribution à la création : il respire un parfum divin, il entend des choses merveilleuses. Des formes divines le traversent sans pour autant le déchirer, et uni à la nature qui lui convient, il va et agit en tant que matière originale vivante. »

Dans une certaine mesure, et en de rares périodes, je suis moi-même un yogi.

Je sais peu de chose sur ce qui se passe en Turquie[21], mais je suis sûr de savoir quelque chose sur l'épine-vinette et les châtaignes dont j'ai fait des réserves cet automne. Quand je vais voir mon voisin, il me communique de manière convenue les toutes dernières nouvelles de Turquie, qu'il a lues dans le *Mail* d'hier – la détermination de la Turquie en ce moment, et Lord Palmerston[22]. Pour tout vous dire, je préférerais parler du son que, malheureusement, on a ôté de mon pain ce matin et jeté. C'est là quelque chose qui m'est plus proche. Les commérages des journaux dont nos hôtes nous rebattent les oreilles sont aussi éloignés d'une hospitalité digne de ce nom que les aliments qu'ils déposent devant nous. Nous n'avons pas besoin d'eux pour nourrir nos corps, et les nouvelles peuvent être achetées pour un penny. Ce que nous voulons, ce sont les informations indispensables, qu'elles soient tristes ou réconfortantes – c'est ainsi qu'elles sont toujours, même en ce jour *nouveau*. Si elles sont bonnes, qu'on les laisse siffloter et danser ; si elles sont mauvaises, il est normal qu'elles se lamentent, afin de pouvoir être, dans tous les cas, *intéressantes*. Si les mots ont été inventés pour cacher la pensée[23], je pense que les journaux sont une invention bien pire encore. Ne souffrez pas que votre vie soit accaparée par les journaux.

Je vous remercie pour vos propos chaleureux au sujet de mon livre. Je suis heureux d'avoir eu une aussi longue conversation avec vous, et que vous ayez eu la patience de m'écouter jusqu'au bout. Je crois que j'ai ainsi profité de vous, car j'ai choisi ma propre atmosphère, et dans un sens, la vôtre aussi, une atmosphère de lecture paisible et attentive. L'écrivain a cet avantage sur le discoureur. Je regrette que vous ne vous soyez pas rendu à Concord pendant vos congés. Le moment n'est-il pas venu d'un autre congé ? J'y suis encore, et Concord est là lui aussi.

Vous savez maintenant qui écrit ces lignes et serait heureux que vous lui écriviez, sans que lui-même signe,

Henry D. Thoreau

P.-S. Il y a si longtemps que je ne vous ai vu que, vous vous en serez rendu compte, je dois donner l'impression de parler *dans le vide*, comme si ma voix résonnait dans une caverne pour y faire écho et que le bruit que je fais n'avait pas grande importance. Mais les dieux n'entendent pas le son brut et discordant que j'émets, comme nous l'apprend l'écho, et je sais que la nature vers laquelle je lance ces sons est si riche qu'elle les modulera à nouveau et apportera de merveilleuses améliorations à ma piètre tentative.

LETTRE VII

Concord, 3 avril 1850

M. Blake,

Je vous remercie pour votre lettre ; je vais m'efforcer de consigner certaines des pensées qu'elle a fait naître, qu'elles soient ou non pertinentes. Vous parlez de pauvreté et de dépendance. Qui sont les pauvres et les dépendants ? Qui sont les riches et les indépendants ? Quand donc les hommes ont-ils accepté de respecter l'apparence et non la réalité ? Pourquoi diable l'apparence devrait-elle *apparaître* ? Finalement, sommes-nous bien au fait de la réalité ? Je ne connais personne qui ne se complaise à tout instant dans le respect qu'il accorde aux fausses apparences. Comme il serait bon de traiter les hommes et les choses, ne serait-ce qu'une heure, simplement pour ce qu'ils sont ! Nous nous étonnons que le pécheur ne confesse pas son péché. Quand nous sommes fatigués de voyager, nous mettons notre charge à terre et nous nous reposons sur le bord du chemin. De même, quand nous sommes las du fardeau de la vie, pourquoi ne posons-nous pas à terre ce poids de mensonges que nous nous sommes proposé de supporter de notre plein gré, pourquoi ne nous revigorons-nous pas comme aucun mortel ne l'a jamais fait ? Que les belles lois prévalent. Ne nous épuisons pas à leur résister. Quand nous voulons reposer notre corps, nous cessons de le soutenir ; nous nous appuyons contre le giron de la Terre. De même, quand nous voulons reposer notre esprit, nous devons nous appuyer sur le Grand Esprit[24]. Laissons les choses tranquilles : qu'elles choisissent de peser ce qu'elles veulent, qu'elles s'envolent ou retombent. Réussir à ne laisser qu'une seule chose en paix par un matin d'hiver, quand bien même il ne s'agit que d'une pauvre pomme gelée qui pend à un arbre, quel haut fait ! À mes yeux, elle brille au cœur de l'univers crépusculaire. Quelle richesse infinie nous avons découverte ! Autrement dit, Dieu règne quand nous portons un regard ouvert sur les choses – quand une vision sans préjugés nous est offerte.

Laissons Dieu tranquille si besoin est. M'est avis que si je L'avais aimé davantage, je L'aurais gardé – ou plutôt, je me serais gardé – à une distance plus respectable. Ce n'est pas quand je m'apprête à Le rencontrer, mais quand je me détourne de Lui et que je Le laisse en paix, que je découvre ce que Dieu est. Je dis : Dieu. Je ne suis pas sûr que ce soit le nom qui convienne. Vous comprenez ce que je veux dire.

Si nous prenions un instant pour cheminer en notre misérable compagnie, si nous ne souhaitions aucun mal, ni ne redoutions aucun mal, si nous cessions d'exister pour devenir pareils au cristal qui reflète un rayon de lumière, que ne refléterions-nous pas ! Quel univers apparaîtrait tout autour de nous, cristallisé et lumineux !

Je devrais dire : que la Muse guide la Muse, que l'intelligence guide l'intelligence, mais c'est malheureusement souvent quelque chose de fort éloigné qui guide les deux. Si la Muse vous accompagne, c'est qu'elle n'est pas Muse mais simple amusement. La Muse véritable devrait être pareille à une étoile lointaine. Mais cela ne signifie pas pour autant que nous devons la suivre inconsidérément, au risque de tomber dans des marécages et des précipices, car ce n'est pas la bêtise mais l'intelligence qu'il faut suivre et que la Muse doit gouverner, tel un guide idéal pour un disciple idéal.

Vivrez-vous vraiment ou bien vous laisserez-vous embaumer ? Vivrez-vous, même si ce doit être à cheval sur un rayon de soleil[25], ou bien vous reposerez-vous en sécurité dans les catacombes durant mille ans ? Dans la première alternative, la pire chose qui puisse vous arriver est de vous briser le cou. Vous briserez-vous le cœur ou l'âme, pour préserver votre cou ? C'est la destinée des cous et des tuyaux de pipe de se casser. Les hommes exagèrent stupidement en exigeant trop de la vie (ou de l'éternité ?), et en s'efforçant de vivre en accord avec cette exigence. C'est beaucoup de bruit pour rien. Aucun mal n'est jamais venu de là. Je ne crains pas d'exagérer la valeur et la signification de la vie, mais de ne pas être à la hauteur des circonstances. Je serai désespéré de savoir que j'ai été là, mais que je n'ai rien remarqué de particulier – que j'ai vécu à l'Âge d'Or comme simple ouvrier et non comme un prince travesti[26], que j'ai même visité l'Olympe, mais que je suis tombé de sommeil après le repas et n'ai pas entendu la conversation des dieux. J'ai vécu en Judée il y a dix-huit cents ans, mais j'ignorais qu'il existât parmi mes contemporains quelqu'un comme le Christ ! S'il existe quelque chose de plus glorieux qu'une assemblée d'hommes établissant ou amendant une constitution, et je suppose que c'est bien le cas, je désire voir les journaux du matin. Je suis friand de la moindre rumeur, quand bien même elle me parviendrait en écoutant par le trou de la serrure. Je me jetterai dans cette direction.

Je suis heureux d'apprendre que vous avez trouvé ce que j'ai dit sur l'Amitié[27] digne d'intérêt. J'aimerais pouvoir tirer bénéfice de vos critiques, ce serait une aide précieuse pour moi. Accepteriez-vous de me les communiquer ?

LETTRE VIII

Concord, 28 mai 1850

M. Blake,

« Je n'ai jamais trouvé la moindre satisfaction dans la vie dont parlent les journaux » – tout a plus de valeur que le cent qu'ils coûtent. Quelle satisfaction : être couvert d'une couche de poussière d'un pouce d'épaisseur ! Nous qui marchons dans les rues et sommes prisonniers du temps, nous ne sommes que le refus de nous-mêmes, et cette vie-là n'est que pour nos coquilles – tant celle de notre corps que celle de notre esprit –, pour notre peau morte, une vie qui ne serait que *scorbut*. C'est du café passé vingt fois sur le même marc, qui ne fut du café que la première fois – alors que l'eau vivante bondit et scintille à nos portes. J'en connais qui, par charité, donnent leur marc de café aux pauvres ! Nous exigeons des informations et nous nous accommodons de *ces* informations-là ! Est-ce une vérité complaisante ou bien une nouvelle perception de la vérité que nous voulons ?

Vous dites que « les heures sereines pendant lesquelles l'Amitié, les Livres, la Nature, la Pensée semblent au-dessus des considérations primaires, vous visitent en passant ». N'est-ce pas là l'attitude de l'attente plus ou moins divine ? Une sorte de divinité faite maison ? Cela ne suppose-t-il pas une sorte de musique des sphères pour son service personnel ? Ces satisfactions ne finissent-elles pas par se fondre insensiblement, petit à petit, dans le plaisir de la chose attendue ?

Et si j'oubliais d'écrire sur le fait que je n'écris pas ? Cela ne mérite pas qu'on en fasse un thème. C'est comme si j'avais écrit chaque jour. C'est comme si je n'avais jamais écrit avant – je m'étonne que vous y pensiez tant que cela, car, dans mon cas, ne pas écrire c'est comme écrire, me semble-t-il.

Pourquoi ne voulez-vous pas me raconter votre rêve ? Ce serait plus ou moins une façon de le réaliser. Vous me dites que vous rêvez, mais pas ce que vous rêvez. Je puis *deviner* ce qui vient de se passer. Ainsi, on dit que les grenouilles rêvent. Si seulement je pouvais savoir ce qu'il en est. Je n'ai jamais réussi à savoir si elles étaient réveillées ou endormies – si c'était le jour ou la nuit pour elles.

Je prêche, vous le savez, face à des murs nus, autrement dit pour moi-même. Et si d'aventure vous entriez et preniez place sur un siège, n'allez pas penser que mes commentaires vous soient adressés en particulier, et ne repoussez pas votre siège avec agacement. Mon discours a été écrit longtemps avant ces moments d'exaltation.

Un travail absorbant sur vos plus hautes terres – votre ferme des hauteurs où ne mène nulle route, où vous montez seul avec votre houe, où croît la vie éternelle – vous permet de faire pousser une récolte qui n'a pas besoin d'être apportée au marché de la vallée et que vous troquez contre des biens célestes.

Séparez-vous assez nettement l'entretien de votre corps de celui de votre esprit ? Par quels cheminements distincts sont communément atteints ces deux buts ! Non pas qu'ils doivent être atteints par une seule et même voie – ce que, de fait, on réussit très rarement – mais il n'est pas question de faire de demi-mesure.

Je serai heureux de lire ma conférence[28] au petit auditoire de Worcester que vous me décrivez, et exigerai juste que mes dépenses soient prises en charge. Pourvu que la salle soit assez grande pour l'écho et que le public prenne autant la peine d'écouter que le conférencier de lire. Mais je vous assure qu'il n'y a pas de conférences plus appropriées à un public populaire que les deux dernières que je vous ai lues[29]. Mais elles exigent malgré tout un public motivé.

Je viendrai samedi prochain et passerai le dimanche avec vous, si vous le voulez bien. Faites-le-moi savoir.

Abstenez-vous de l'eau de la fontaine des Muses, à moins d'en boire beaucoup[30]. Ne vous laissez pas détourner par la mélancolie du chemin qui mène à la santé et à la joie immortelles. Quand ils burent l'eau du fleuve sur lequel ils naviguaient, ils lui trouvèrent un goût amer au palais, mais cette eau s'avéra des plus douces quand elle descendit dans leurs gorges[31].

HDT

LETTRE IX

H.G.O. Blake
Aux bons soins de M. C. A. Greene[32]
Milton, Massachusetts

Concord, 9 août 1850

M. Blake,

J'ai reçu votre lettre alors que je me rendais en toute hâte à Fire Island Beach pour aller chercher la dépouille de Margaret Fuller[33], et je l'ai lue en route. Cet événement, ses conséquences, ainsi que tout le reste, m'ont empêché de vous répondre plus tôt. Il est pourtant beaucoup plus sage de répondre au moment où on vous parle. Je vais pourtant m'efforcer de le faire maintenant, au risque de n'avoir rien à dire.

Je trouve que les faits matériels, en dépit de l'importance singulière que nous leur attribuons tous, sont bien moins réels que les créations de mon imagination. Ils sont vraiment chimériques et insignifiants – tout ce que nous avons coutume d'appeler la vie et la mort – et m'affectent moins que mes rêves. Ce petit cours d'eau qui grossit de temps à autre et emporte les moulins et les ponts de notre vie ordinaire, et ce ruisseau plus puissant, l'océan, sur lequel nous flottons en toute sécurité, qu'est-ce qui les différencie ? J'ai dans ma poche un bouton que j'ai pris au manteau du Marquis d'Ossoli, l'autre jour sur le rivage. Tenu à bout de bras, il intercepte la lumière – un bouton bien réel – et pourtant, toute la vie à laquelle il est relié a moins de substance à mes yeux, et moins d'intérêt aussi, que le plus infime de mes rêves. Nos pensées font date dans nos vies, tout le reste n'est que le catalogue des vents qui ont soufflé pendant que nous étions sur terre.

Je me dis souvent : consacre-toi davantage à cette tâche si tu sais qu'elle est bonne. Ce n'est pas sans raison que tu es satisfait ou mécontent de toi. Ne possèdes-tu pas une faculté de penser des plus précieuses ? S'il y a une expérience que tu souhaites tenter, alors vas-y. Ne nourris pas de doutes s'ils ne te sont agréables. Rappelle-toi qu'il ne faut jamais manger sans avoir faim. Ne lis pas les journaux. Profite de la moindre occasion d'être mélancolique. Quant à ta santé, considère que tu vas bien. Ne t'attends pas à trouver les choses telles que tu crois qu'elles sont. Fais ce que personne d'autre que toi ne peut faire ; abstiens-toi de tout le reste.

Toutes nos activités ne nous permettent pas de mener une vie respectable. Nous devons sans cesse, comme la tortue, nous retirer dans la coquille de nos pensées, plus ou moins désespérément. Et pourtant, il entre dans tout cela bien plus que de la philosophie.

Ne perdez pas votre temps à admirer l'attitude que j'ai adoptée. Je m'arrange simplement pour m'asseoir là où je suis tombé. Je suis sûr que mes proches me comprennent mal. Ils me demandent des conseils sur de nobles sujets, sans se rendre compte que je suis bien mal loti en matière de chapeaux et de chaussures. C'est à peine si j'ai une chemise à moi. Mais aussi élimée que soit mon apparence extérieure, ma substance intérieure l'est bien plus lamentablement encore. De fait, si je me retournais comme un gant, alors ma misère et ma médiocrité ressortiraient. Je suis indubitablement quelque chose pour celui qui m'a créé, mais pas grand-chose pour toutes les autres créatures.

Cela ne vaudrait-il pas la peine de découvrir la Nature autour de Milton[34] ? D'être natif de l'univers ? Même si j'aime Concord, je n'en suis pas moins heureux quand je découvre dans les océans lointains et les contrées sauvages les matériaux pour un million de Concord potentiels. En effet, je suis perdu si je ne fais pas ce genre de découvertes. Je vois moins de différence qu'avant entre une ville et un marécage. Pourtant, même pour moi ce marais peut se montrer par trop lugubre et désolé, et je serais heureux s'il abritait moins de chouettes, de grenouilles et de moustiques. J'irais même jusqu'à préférer un endroit mieux entretenu, débarrassé des miasmes et des crocodiles – j'ai des goûts si délicats – c'est alors que je ferai mon choix.

Quant aux amis absents – si tant est que nous manquions les uns aux autres – n'avons-nous pas convenu d'un rendez-vous ? Tant que chacun suit sa route dans les bois, sans angoisse ni impatience, en faisant montre d'une sérénité joyeuse même s'il lui faut marcher sur les mains et sur les genoux, franchir les rochers et les arbres abattus, il ne peut être que sur le bon chemin. Il ne saurait y avoir de mauvaise route pour lui. Comment peut-il dire que ses amis lui manquent, lui que les fruits nourrissent et que les éléments soutiennent ? Un homme qui, à cette période de sa vie, se languissait de ses amis, se mit un jour en route avec optimisme. Il fendait l'air bienveillant et fredonnait pour lui-même, s'agenouillait de temps à autre, ravi, pour observer les lichens qu'il trouvait sur son chemin, et finalement ne parcourait guère plus de trois miles par jour vers l'amitié.

Quant à se conformer aux apparences extérieures et réussir à mener sa propre vie intérieure, je n'y crois pas trop. Que votre main droite n'ignore pas ce que fait votre main gauche[35] en la matière. Ce serait voué à l'échec. Autant marcher sur une lame d'acier effilée qui vous coupera nettement en une moitié droite et une moitié gauche. Voulez-vous tester votre aptitude à résister à l'écartèlement ? Cette tension est trop forte pour qu'une âme puisse la supporter bien longtemps. Quand Dieu tire d'un côté et le Diable de l'autre, chacun bien campé sur ses pieds – sans parler de la conscience qui scie transversalement – tout arbre, ou presque, finit par céder.

Je n'ose vous inviter sérieusement à venir à Concord, car je sais trop bien que les baies ne sont pas grosses dans mon champ, et que nous devrions nous contenter de contempler le paysage. Mais venez malgré tout, et nous – nous – verrons.

Henry D. Thoreau

LETTRE X

Concord, 21 juillet 1852[36]

M. Blake,

Je vais trop stupidement bien ces jours-ci pour vous écrire. Ma vie est presque totalement extérieure, toute de coquille, sans tendre amande, si bien que je crains fort que le récit que je pourrais vous en faire ne soit pour vous qu'une noix à croquer, sans la moindre chair à vous mettre sous la dent. Qui plus est, vous ne m'accaparez pas du tout, et je goûte une telle liberté en vous écrivant que je me sens aussi impalpable que l'air. Je me réjouis toutefois d'apprendre que vous avez patiemment accordé votre attention à tout ce que j'ai dit jusqu'à aujourd'hui, et que vous y avez décelé quelques vérités. Cela m'encourage à vous en dire davantage – pas dans cette lettre, je le crains, mais dans un livre que je pourrais bien écrire un jour. Je suis heureux d'apprendre que je suis aussi important pour un mortel que l'est un épouvantail opiniâtre pour un fermier – de fait, je suis une gerbe de paille dans des habits d'homme, agrémenté de quelques morceaux d'étain étincelants au soleil. Comme si je travaillais dur, dans ce champ ! Mais si ce genre de vie suffit à préserver le maïs d'un homme, eh bien, celui-ci a tout à y gagner. Je ne redouterai pas vos éloges tant que vous saurez bien ce que je suis, d'une part, et ce que je pense ou entends être, d'autre part. Et surtout tant que vous ferez vraiment la distinction entre les deux, car il arrivera immanquablement qu'en louant le second, vous condamniez le premier.

Je me rappelle très bien cette promenade à Asnebumskit[37] – un endroit idéal pour un dimanche, l'un des vrais temples de la Terre. Un temple, vous le savez, était autrefois « un lieu à ciel ouvert, sans toit[38] », dont les murs servaient juste à tenir le monde à l'écart et à diriger l'esprit vers les cieux. Mais un *temple* moderne tient les cieux à l'écart, tandis qu'il entasse le monde dans un espace toujours plus confiné. Vous êtes mieux encore au sommet d'une montagne, dans l'éther environnant vous avez pour tous murs vos propres cimes et vos propres profondeurs. Des pains de perdrix[39] arrosés par la rosée de la montagne restent davantage gravés dans ma mémoire que les mots entendus en chaire, et pour ma part je préfère marcher vers Rutland[40] que vers Jérusalem. Rutland, une ville moderne, terre d'ornières, triviale et usée, point trop sacrée, sans le moindre saint sépulcre, rien que des champs verts et de profanes routes poussiéreuses – et la possibilité de mener là une vie aussi sainte que possible – où le caractère sacré, si tant est qu'il y en ait un, est en vous et non dans le lieu.

Je crains fort que les gens de Worcester n'aillent pas assez souvent en haut des collines. Pourtant, à ce que je me suis laissé dire, les sources sont plus proches de la surface dans vos collines que dans vos vallées. Ils ont la réputation d'être de Libres Terriens[41]. Mais militent-ils aussi pour une atmosphère libre, autrement dit pour la liberté de l'esprit autant que pour celle des pieds ? Si je devais consciemment rejoindre un parti, ce serait celui qui est le plus libre d'apprécier la pensée.

Tout le monde se plaint, de nos jours, de la pression des contraintes et des obligations triviales qui empêchent les hommes de se consacrer à toutes ces choses plus élevées dont ils connaissent pourtant l'existence. Mais je suis certain que si les hommes étaient faits de l'étoffe qui convient pour travailler à ces choses plus élevées, supposition faite qu'ils soient affranchis de toutes obligations, ils accompliraient sur-le-champ ce devoir supérieur et négligeraient tout le reste, aussi naturellement qu'ils respirent. On ne les surprendrait jamais en train de dire qu'ils n'ont pas assez de temps pour cela, quand l'homme le plus ordinaire sait qu'il n'a de temps que pour cela. Quiconque a le sens du devoir ne place jamais la tâche de moindre importance au-dessus de celle de première importance. Personne n'a naturellement l'envie ni la capacité de travailler à des choses élevées, mais l'homme peut aussi se construire un grand échafaudage.

Quant à passer *par* une grande et noble expérience, et s'élever *au-dessus* d'elle, tel un aigle qui volerait dans le ciel du soir pour se hisser dans des régions célestes plus brillantes et plus belles encore, je ne puis dire que j'ai déjà entrepris un tel voyage, aussi profitable. Mon esquif paraît toujours contrarié par un vent latéral, il part sur les côtés et ne semble revenir ensuite qu'occasionnellement au centre de la mer. Je n'ai rien accompli de bien, mais je n'ai pas peur de dire que j'ai échoué sur des continents entiers de vertu, de ceux qui auraient pourtant dû être autant d'îles dans ma traversée. Néanmoins, je garde confiance – en quoi d'autre puis-je croire ? – et je suis sûr qu'un vendredi, vent debout, quand j'aurai jeté une partie de ma cargaison par-dessus bord, je pourrai rattraper le chemin perdu.

Le jour viendra sans doute où nous ne nous contenterons pas d'aller et venir sur un radeau vers un immense *Indian-man*[42] homérique ou shakespearien échoué sur un écueil. Nous construirons alors une barque avec les restes de ce navire naufragé, avec d'autres épaves enfouies dans les sables de cette île désolée, et tout le nouveau bois nécessaire. Nous partirons à son bord vers de nouveaux mondes de lumière et de vie, où sont nos amis.

Écrivez encore. D'un certain côté, vous n'avez pas fini votre lettre : vous ne l'avez pas écrite avec de l'encre, elle n'est donc pas aussi valable, pour ou contre vous, aux yeux de la loi[43], ni à ceux de

H.D.T.

LETTRE XI

[Concord, septembre 1852]

M. Blake,

Voici les considérations que je vous ai promises[44]. Vous pouvez les garder, si cela vous intéresse, et les tenir pour des fragments épars de ce que je finirai peut-être par considérer comme un essai plus complet lorsque je me replongerai dans mon journal.

Je vous envoie ces pensées sur la chasteté et sur la sensualité non sans une certaine défiance et une certaine honte, ne sachant pas si je m'adresse à la condition humaine en général ou si je trahis mes défauts particuliers. Je vous prie de m'éclairer sur ce point si cela vous est possible.

Henry D. Thoreau

De l'amour

Personne n'a jamais répondu de façon satisfaisante à la question de la nature de cette différence essentielle entre l'homme et la femme qui fait qu'ils sont attirés l'un vers l'autre. Nous devons sans doute reconnaître la justesse du distinguo qui assigne à l'homme la sphère de la sagesse et à la femme celle de l'amour, mais il n'en demeure pas moins qu'aucun des deux n'appartient de façon exclusive à l'une ou l'autre. L'homme dit sans cesse à la femme : Pourquoi ne te montres-tu pas plus sage ? La femme demande sans cesse à l'homme : Pourquoi ne te montres-tu pas plus aimant ? Il ne leur appartient pas de décider d'être sage ou aimant, car à moins d'être à la fois sage et aimant, il ne peut y avoir ni sagesse ni amour.

La bonté transcendante est *une*, bien qu'appréhendée de différentes façons, ou par des sens différents. Nous la voyons dans la beauté, nous l'entendons dans la musique, nous la sentons dans le parfum, un palais fin la goûte dans la saveur, et le corps tout entier la ressent dans cette chose rare qu'est la santé. La diversité n'existe que dans sa surface ou sa manifestation, pourtant nous ne parvenons pas à en exprimer l'identité radicale. L'amoureux voit dans le regard de sa bien-aimée la même beauté que celle des cieux du couchant dans les tableaux représentant des crépuscules. C'est le même *daïmon*[45] qui se tapit tantôt sous une paupière humaine tantôt sous les paupières closes du jour. La beauté ancienne, naturelle, du soir et du matin réside dans ce petit périmètre. Quel astronome amoureux n'a jamais sondé les profondeurs impalpables de l'œil ?

La jeune fille cache une fleur plus belle et un fruit plus doux que n'importe quelle fleur des champs, et si elle passe en baissant les yeux, confiante dans sa pureté et dans ses nobles résolutions, elle poussera les cieux à s'interroger et la nature tout entière reconnaîtra humblement sa reine.

Sous l'influence de ce sentiment, l'homme est comme la corde d'une harpe éolienne[46], qui vibre au souffle des zéphyrs d'un éternel matin.

Il y a, à première vue, quelque chose de trivial dans la banalité de l'amour. Par le passé, le long de ces berges, de nombreux jeunes Indiens des deux sexes ont cédé à l'influence de ce grand civilisateur. Cette génération n'en est pas pour autant dégoûtée, ni découragée, car l'Amour n'est pas une expérience individuelle, et bien que nous soyons des véhicules imparfaits, il ne participe pas à notre imperfection.

Bien que nous soyons finis, il est infini et éternel, et la même influence divine règne toujours sur ces berges, quelle que soit la race qui y habite, et ce serait même sans doute encore le cas si la race humaine n'y demeurait pas.

Il est possible qu'un instinct survive dans l'amour le plus intense, il empêche tout abandon total, toute dévotion absolue, et introduit un peu de mesure chez l'amoureux transi. C'est l'anticipation du changement. Car en pratique l'amoureux transi n'en est pas moins sage, et cherche un amour qui durera toujours.

Quand on songe au petit nombre d'Amitiés poétiques, il est remarquable que tant de personnes se soient mariées. On dirait que les hommes obéissent trop facilement à une injonction de la nature, sans consulter leur génie. On peut être ivre d'amour, sans être plus près de trouver sa moitié. Il entre plus de bonne nature que de bon sens dans la plupart des mariages. Mais la bonne nature doit recevoir les conseils du bon Esprit ou de l'Intelligence. Si le bon sens avait été consulté, nombre de mariages n'auraient jamais eu lieu et, à l'inverse, si le sens peu commun ou divin l'avait été, bien peu de mariages dont nous sommes les témoins auraient été célébrés !

Notre amour peut être ascendant ou descendant. Quel est son caractère si l'on peut dire de lui :

> *Nous devons* respecter *les âmes supérieures,*
> *Mais nous n'*aimons *que les* inférieures.

L'amour est un critique sévère. La Haine peut davantage pardonner que l'Amour. Ceux qui aspirent à aimer ne font ni plus ni moins que se soumettre à une ordalie plus rude qu'aucune autre.

Votre amie est-elle du genre à vous aimer plus encore à mesure que votre mérite augmente ? Est-elle retenue, est-elle attirée par davantage de noblesse en vous, par cette vertu qui vous est propre, ou bien est-elle indifférente et aveugle à tout cela ? Doit-elle être flattée, conquise, alors que vous l'avez rencontrée sur un autre chemin que le sentier ascendant ? Dans ces cas-là, le devoir exige que vous vous sépariez d'elle.

L'amour doit être une lumière autant qu'une flamme. Là où il n'y a pas de discernement, le comportement de l'âme, aussi pure soit-elle, peut, de fait, confiner à la grossièreté.

Un homme à la sensibilité aiguë est plus authentiquement féminin qu'une femme simplement sentimentale. Le cœur est aveugle, mais l'Amour ne l'est pas. Aucun dieu n'est aussi avisé.

Dans l'amour et l'amitié, l'esprit est tout autant mis à contribution que le cœur, et si l'un des deux est offensé, l'autre ne tardera pas à en prendre ombrage. En général, c'est l'esprit qui est blessé le premier, plutôt que le cœur : il est de loin le plus sensible.

Ainsi, nous pouvons excuser toute offense faite au cœur, mais pas à l'esprit. L'esprit sait tout – rien n'échappe à son regard depuis son aire – et il contrôle le souffle. Mon cœur peut encore éprouver de la compassion pour la vallée, mais mon esprit ne me permettra pas de sauter par-dessus le précipice qui me coupe de lui, car il est blessé, ses ailes sont rognées, il ne peut voler. Nos « cœurs maladroits ! » disent certains poètes. L'esprit n'oublie jamais, il est une re-souvenance. Il n'a pas de fondement, mais parce qu'il est plus raisonnable, il est le seul à utiliser tout le savoir de l'intelligence.

L'amour est le plus profond des secrets. Révélé, même à la bien-aimée, il n'est plus l'Amour. Comme si c'était tout simplement moi qui vous aimais. Quand l'amour cesse, c'est alors qu'il est divulgué.

Dans notre commerce avec la personne que nous aimons, nous souhaiterions avoir répondu à toutes nos interrogations sans même avoir eu à ouvrir la bouche, sans même poser de question – avec la même infaillibilité, la même universalité indiscutable que la visée d'un point par le compas de navigation.

J'entends que tu saches tout sans qu'on te dise rien. Je me suis séparé de ma bien-aimée parce que je devais lui dire quelque chose. Elle m'a *questionné*. Elle aurait déjà dû tout savoir, grâce à sa sensibilité. Que j'aie eu besoin de m'expliquer de vive voix, c'était toute la différence entre nous – le malentendu.

Un amoureux ne veut rien entendre de ce qui est *dit*, car cela ne peut être que faux ou dénaturé. Mais il entend autre chose, tout comme les sentinelles entendirent Trenck[47] gratter le sol et pensèrent qu'il s'agissait de taupes.

Cette relation peut être profanée de multiples manières. Tous peuvent ne pas voir en elle le même caractère sacré. Qu'arriverait-il si l'amoureux devait apprendre que sa bien-aimée s'adonne aux incantations et aux philtres ! Que se passerait-il s'il entendait dire qu'elle consulte une voyante ! Le charme serait instantanément rompu.

Si la discussion et le marchandage sont préjudiciables dans le commerce, ils le sont bien plus encore en Amour. Celui-ci exige la droiture d'une flèche.

Nous risquons de perdre de vue ce que notre amie est dans l'absolu, tout en ne retenant que ce qu'elle est pour nous seul.

L'amoureux ne veut aucune partialité. Il dit : Sois aussi bonne que juste.

Peux-tu aimer avec ton esprit,
Et raisonner avec ton cœur ?
Peux-tu être bonne,
Et te séparer de ton bien-aimé ?

Peux-tu mettre en ordre la terre, la mer et l'air,
Et ainsi me rencontrer partout ?
Dans chaque événement, je te poursuivrai,
Dans chaque personne, je te courtiserai.

J'ai besoin de ta haine autant que de ton amour. Tu ne me repousses pas entièrement quand tu repousses ce qui est mauvais en moi.

En effet, en effet, je ne puis te dire,
Bien que j'y aie longuement réfléchi,
Ce qui est plus facile à déclarer :
Tout mon amour ou toute ma haine.
De toute évidence, tu me croiras
Quand je te dis que tu me dégoûtes.
Ô je te déteste d'une haine
Capable de tout détruire,
Mais parfois, contre ma volonté,
Ma tendre Amie, je t'aime encore.
Ce fut une trahison à notre amour,
Et un péché contre le Dieu qui nous gouverne,
Un iota à retrancher
D'une haine pure et impartiale.

Il ne suffit pas que nous soyons sincères, nous devons chérir et réaliser de hauts desseins afin d'être dans le vrai.

Il doit être difficile, en effet, de rencontrer celle avec qui nous sommes idéalement prêts à nous unir, autant qu'il doit être difficile pour elle de nous rencontrer. Nous ne devrions faire montre d'aucune réserve, nous devrions nous donner entièrement à cette compagnie, nous ne devrions avoir d'autre obligation que celle-ci, la seule susceptible d'être aussi merveilleusement amplifiée chaque jour. Je ferai émerger mon amie de la partie inférieure de son être pour la mettre plus haut, infiniment plus haut, et une fois *là*, la connaître vraiment. Mais d'ordinaire, les hommes ont autant peur de l'amour que de la haine. Ils ont des engagements plus médiocres, des objectifs immédiats à atteindre. Ils n'ont pas assez d'imagination pour le consacrer à un être humain, mais en revanche, ils doivent réparer un tonneau, que diable !

Les choses seraient bien différentes si, au cours de chacune de vos promenades, vous ne rencontriez que des étrangers ou si, dans telle maison, il y avait quelqu'un qui vous connaissait et que vous connaissiez. Avoir un frère ou une sœur ! Avoir une mine d'or dans votre ferme ! Trouver des diamants dans le gravier répandu devant votre porte ! Cela arrive très rarement ! Partager la journée avec vous – peupler la terre. Avoir un dieu ou une déesse pour compagnon au cours de vos promenades, ou bien marcher seul avec des rustres, des vilains et des scélérats. Une amie ne rehausserait-elle pas la beauté du paysage autant qu'un cerf ou un lièvre ? Tout abonderait dans ce sens et se mettrait au service d'une telle relation : le maïs dans le champ comme les canneberges dans la prairie. Les fleurs s'épanouiraient et les oiseaux chanteraient, mus par une force nouvelle. Il y aurait davantage de belles journées dans l'année.

L'objet de l'amour se déploie et grandit devant nous jusqu'à l'éternité, jusqu'à inclure tout ce qui est agréable, et nous devenons par là même tout ce qui est capable d'aimer.

De la chasteté et de la sensualité

Le sexe est un sujet remarquable car, bien que nous soyons très concernés par ses manifestations, tant directement qu'indirectement et que, tôt ou tard, il occupe les pensées de chacun, l'humanité tout entière, pour ainsi dire, s'entend à garder le silence à son sujet. C'est, du moins, le plus souvent le cas entre les deux sexes. L'une des caractéristiques humaines les plus intéressantes se trouve plus occultée qu'aucun autre mystère. Elle est traitée avec un goût du secret et une crainte respectueuse qui, de toute évidence, ne conviendraient pas même à une religion, quelle qu'elle soit. Je crois qu'il est inhabituel, même pour les amis les plus intimes, de parler des plaisirs et des angoisses qui vont de pair avec la sensualité, autant que d'ébruiter l'aspect physique de l'amour, ses tenants et ses aboutissants. Les Shakers[48] n'exagèrent pas plus dans leur façon d'en parler que le reste de l'humanité dans sa façon de le passer sous silence. Non pas que les hommes devraient en parler, pas plus que de n'importe quel autre sujet d'ailleurs, sans rien avoir de valable à dire, mais il est manifeste que l'éducation de l'homme vient à peine de commencer – il y a si peu de communication réciproque digne de ce nom.

Dans une société pure, on n'éviterait pas aussi souvent d'aborder le sujet de l'acte sexuel. On l'occulte plus ou moins, davantage par honte que par respect, ou on se contente de l'effleurer. Mais si on le traitait naturellement et simplement, peut-être éviterait-on d'en parler comme d'une chose mystérieuse. Si la honte nous empêche de l'évoquer comment peut-on passer à l'acte ? Malgré les apparences, il y entre sans aucun doute bien plus de pureté que d'impureté.

En général, les hommes associent à leur idée du mariage une certaine dose de sensualité. Mais chaque amoureux, qui vit comme hors du monde, croit pourtant en son inconcevable pureté.

S'il est le résultat d'un amour pur, il ne peut rien y avoir de sensuel dans le mariage. La chasteté est quelque chose de positif, et non de négatif. C'est la vertu même des mariés. Toutes les concupiscences, tous les plaisirs charnels doivent céder la place à des délices plus élevées. Ceux qui se rencontrent comme des êtres supérieurs ne peuvent accomplir les actes des hommes inférieurs. Les actes de l'amour sont les moins discutables des actions d'un individu car, se fondant sur le plus rare des respects mutuels, les mariés se stimulent sans cesse pour accéder à une vie plus élevée et plus pure. L'acte dans lequel ils sont associés doit, par conséquent, être pur et noble, car l'innocence et la pureté ne sauraient avoir d'égal.

Dans cette relation, nous sommes face à quelqu'un que nous respectons encore plus religieusement que ce qu'il y a de meilleur en nous, et nous nous conduirons nécessairement comme si nous étions en présence de Dieu. Quelle présence saurait être plus impressionnante pour l'amoureux que celle de sa bien-aimée ?

Si vous cherchez la chaleur de l'affection pour la même raison que celle pour laquelle les chats, les chiens et les fainéants se blottissent au coin du feu, parce que la paresse fait baisser la température, vous êtes sur la mauvaise voie et il ne tient qu'à vous de ne pas vous enfoncer davantage dans la paresse. Mieux vaut la froide affection du soleil, réfléchie par les champs de glace et de neige, ou bien sa chaleur dans une combe hivernale. La chaleur de l'amour céleste ne faiblit pas, mais fortifie et conforte celui qui y goûte. Réchauffez votre corps en faisant de l'exercice et non en vous blottissant contre un poêle. Réchauffez votre esprit en accomplissant de nobles actes en toute indépendance, et non en recherchant ignoblement la sympathie de vos semblables, qui ne valent pas mieux que vous. La discipline sociale et spirituelle d'un homme doit répondre à sa discipline corporelle. Il doit s'appuyer sur un ami à la poitrine robuste, comme il se coucherait sur un lit dur. Il ne doit boire en tout et pour tout que de l'eau froide. De même, il ne doit pas entendre de mots doux et trompeurs, mais des vérités pures et rafraîchissantes.

Il doit se baigner au quotidien dans la froide vérité comme dans une eau de source que n'aurait pas réchauffée la sympathie de ses amis.

L'amour doit-il un tant soit peu être allié à la dissipation ? Aimons-nous en nous refusant, en ne nous donnant pas. L'amour et la luxure sont aussi éloignés que possible. L'un est bon, l'autre est mauvais. Quand les amants sympathisent grâce à la part supérieure de leur nature, il y a amour ; mais le danger est là s'ils sympathisent grâce à leur part inférieure, auquel cas il y a luxure. Il n'est pas nécessaire que ce soit délibéré, ni même conscient. Mais dans ce contact proche que permet l'affection, se trouve le risque de nous souiller, de nous polluer, car nous ne pouvons nous étreindre réellement que dans une étreinte totale.

Nous devons aimer notre amie afin qu'elle ne soit associée qu'à nos pensées les plus pures et les plus saintes. Quand il y a impureté, c'est que sans le savoir, nous nous sommes « abaissés pour nous rencontrer[49] ».

La *luxure* de l'affection : là est le danger. Il doit y avoir du nerf et de l'héroïsme dans notre amour, comme dans un matin d'hiver. La religion de chaque nation suggère une pureté que, je le crains, les hommes n'atteignent jamais. Nous pouvons nous aimer et nous élever, mais l'amour qui nous prend, sitôt qu'il nous trouve, nous dégrade. Nous devons veiller sur les plus belles et les plus pures de nos affections, de peur qu'elles ne soient corrompues. Puissions-nous nous aimer sans jamais avoir l'occasion de nous repentir de notre amour.

La disparition dans le langage de nombre de symboles fertiles doit-elle être attribuée à la sensualité ? Les fleurs, qui par leurs nuances et leurs fragrances infinies célèbrent le mariage des plantes, sont destinées à être le symbole de la beauté ouverte et insoupçonnée de tout vrai mariage, lorsque arrive la saison de la floraison de l'homme.

La virginité, elle aussi, est une fleur en bourgeon, et par un mariage impur, la vierge est déflorée. Celui qui aime les fleurs, aime les vierges et la chasteté. L'amour et la luxure sont aussi éloignés l'un de l'autre qu'un jardin en fleurs l'est d'un bordel.

J. Biberg, dans son *Amœnitates Botanicæ*, édité par Linné[50], observe (je traduis du latin) : « Les organes de la procréation qui, dans le règne animal, sont pour la plupart cachés par la nature comme s'il fallait en avoir honte, sont, dans le règne végétal, exposés aux yeux de tous. Et quand les noces des plantes sont célébrées, quelles merveilleuses délices elles offrent à celui qui regarde, comblant les sens de couleurs agréables et d'odeurs suaves. Dans le même temps, les abeilles et les autres insectes, sans parler du colibri, extraient le miel de leur nectar, et fabriquent de la cire avec leur pollen caduc. » Linné lui-même appelle le calice le *thalamus*, ou chambre nuptiale, et la corolle l'*aulaeum*, sa tapisserie, et poursuit en décrivant ainsi chaque partie de la fleur.

Qui sait si les mauvais esprits ne pourraient pas corrompre les fleurs, leur dérober leur parfum et leurs belles couleurs, et faire de leur union un secret honteux et une souillure ? Elles sont déjà de différentes qualités, et il en est une dont les noces exhalent en juin, dans les basses terres, l'odeur de la charogne.

J'ai rêvé d'un commerce des sexes, incroyablement beau, trop pour qu'on s'en souvienne. J'ai eu des pensées sur ce sujet, mais elles sont parmi les plus flottantes et les plus insaisissables de mon expérience. Il est étrange que les hommes parlent de miracles, de révélation, d'inspiration et *tutti quanti*, comme de choses passées, tandis que l'amour demeure.

Un vrai mariage ne différera en rien d'une illumination. Dans toute perception de la vérité, il y a une extase divine, un délire de joie ineffable, comme quand un jeune homme embrasse sa promise virginale. Les délices suprêmes d'un vrai mariage ne font qu'un avec ça.

Il ne faut pas s'étonner que d'une telle union naisse la race immortelle de l'homme, non pas comme une fin en soi, mais comme quelque chose d'incontournable. La matrice est un sol extrêmement fertile.

Certains se sont demandé si la masse des hommes ne pouvait être améliorée – s'ils ne pouvaient être élevés comme du bétail. Que l'Amour soit purifié, et tout le reste suivra. Un amour pur est, en effet, la panacée à tous les maux du monde.

La seule excuse de la reproduction est l'amélioration. La nature abhorre la répétition. Les bêtes ne font que propager leur genre ; mais la progéniture des hommes et des femmes nobles leur sera supérieure, comme le sont leurs aspirations. Vous les reconnaîtrez à leurs fruits[51].

LETTRE XII

Concord, 27 févr. 53

M. Blake,

Je n'ai pas répondu plus tôt à votre lettre parce que j'ai passé tous ces derniers jours dans les champs à faire des travaux d'arpentage[52]. Cela faisait longtemps que je n'avais pas eu autant de jours aussi profitables sur le plan pécuniaire, bien qu'ils l'aient beaucoup moins été, me semble-t-il, sur un plan plus important. Je n'ai gagné qu'un dollar par jour durant les 76 derniers jours[53]. Pourtant je demande un prix plus élevé pour le temps que je suis censé y passer, mais il s'avère en fait que ces travaux sont toujours plus longs que prévu. C'était en lieu et place des conférences qui ne me permettent pas de payer ce livre que j'ai fait imprimer[54]. Finalement je n'ai pas seulement des heures à prix réduit à offrir, mais aussi des semaines, voire des mois, toutes ces semaines qui ont été achetées au prix dont je vous ai parlé. Elles ne sont pas pour autant totalement perdues pour moi, et ne me rendent pas vraiment mélancolique, hélas ! car j'en tire moi aussi une satisfaction à bon compte. Ces semaines de pâturage et de broutage, comme le bétail et les cerfs, me donnent une santé animale pourrait-on dire, mais tannent le cuir par-dessus l'âme et l'esprit. Toutefois, si les hommes offraient à mon corps une aide pécuniaire uniquement pour le travail de ma tête, je crois bien que je me laisserais dangereusement tenter.

Quant à savoir ce qui est le mieux : ce que vous appelez « la marche du monde » (qui pour l'essentiel va dans le même sens que moi) ou ce qui m'en est montré, la première est une imposture, la seconde est la vérité. J'ai la confiance la plus absolue en cette dernière. Les seules hésitations sont celles qu'éprouvent les appétits à suivre leurs aspirations. La motte de terre hésite parce qu'elle est inerte, qu'elle veut de l'*animation*. L'une est la voie de la mort, l'autre celle de la vie éternelle. Mon temps n'est pas « à ce point sans valeur pour que *je* le passe à me demander si la marche du monde n'aurait pas pu être meilleure », mais il l'est quand je me demande si le monde, tel que je le veux, n'est pas pire encore aujourd'hui. Tout l'effort de cette nation – il ne tend pas vers le haut mais vers l'ouest, vers l'Oregon, la Californie, le Japon etc. – est totalement dépourvu d'intérêt à mes yeux, qu'il soit accompli à pied ou par le chemin de fer du Pacifique. Il n'est pas animé par une seule pensée, il n'est pas réchauffé par un seul sentiment, il n'y a rien en lui qui vaille qu'on lui sacrifie sa vie ni même ses gants. C'est à peine s'il mérite qu'on lui consacre de la place dans les journaux. C'est une entreprise totalement païenne – la route *vers* les cieux est obstruée par celle du grand Ouest. Non, ils peuvent bien poursuivre leur route vers leur « destinée manifeste[55] », ce n'est pas la mienne, j'en suis sûr. Puissent mes 76 dollars, quand je les toucherai, m'aider à aller dans l'autre direction. Je les vois sur leur route sinueuse, mais aucune musique ne s'élève de cette multitude, seulement le cliquetis des pièces dans leurs poches. Je préfère être un chevalier captif[56] et les laisser passer, plutôt que de n'être libre d'aller que là où ils sont tous tenus d'aller. Quel objectif se proposent-ils d'atteindre après le Japon[57] ? Ont-ils des buts plus élevés que ceux des chiens de prairie ?

Sur ce point, mon opinion n'a pas changé d'un iota depuis le début. Tout comme les étoiles veillaient sur moi quand j'étais berger en Assyrie[58], elles veillent sur moi à présent que je suis un habitant de la Nouvelle-Angleterre. Plus la montagne sur laquelle vous vous trouvez est haute, moins la vue change d'une année à l'autre, d'une génération à l'autre. Au-delà d'une certaine hauteur, il n'y a plus le moindre changement. Je suis un Suisse sur le bord de son glacier, avec les avantages et les inconvénients que cela comporte, un goitre ou que sais-je. (Vous n'avez qu'à supposer qu'il s'agit d'une sorte de gonflement.) Je n'ai eu qu'une naissance *spirituelle* (veuillez excuser le mot), et maintenant, qu'il pleuve ou qu'il neige, que je rie ou que je pleure, que je tombe beaucoup plus bas encore ou que je m'approche de mon idéal, que Pierce ou Scott[59] soit élu – aucune lumière nouvelle ne brille pour moi. Mais de temps à autre la même aube nouvelle, à la fois surprenante et éternelle, se lève pour moi, avec pour seules variantes celles qu'on peut voir dans le jour naissant avec lequel, de fait, elle coïncide bien souvent.

Pour ce qui est de préserver les pommes de terre de la putréfaction, votre avis pourrait bien changer au fil des ans, mais pour ce qui est de préserver votre âme de la pourriture, je n'ai pas d'enseignement à délivrer, juste une méthode à suivre.

Il est vrai que je professe contre lui mais, dans ma grande folie, je suis le monde que je condamne.

Si tant est que cela me soit seulement arrivé, j'ai « rarement brûlé d'envie d'être, comme on dit, utile à mes contemporains ». Parfois, quand mes pensées, faute d'occupation, tombent sur des sentiers battus et monotones, vainement je rêve d'arrêter le cheval d'un homme au galop et j'en viens même à souhaiter qu'il s'emballe pour pouvoir le stopper – ou d'éteindre un feu, mais pour cela, bien sûr, il faudrait qu'il ait pris. Aujourd'hui, pour tout vous dire, je ne rêve plus tant que ça d'arrêter les chevaux avant qu'ils ne courent ou de combattre les incendies qui ne sont pas encore allumés. Quelle bêtise que de faire le bien, au lieu de ne se soucier que de sa propre vie, à laquelle chacun devrait se consacrer. Faire le bien à la manière d'une carcasse morte, tout juste bonne pour le fumier, au lieu de le faire comme un homme vivant, au lieu de prendre soin de croître, de sentir bon, d'avoir bon goût et de rafraîchir l'humanité tout entière dans la mesure de nos capacités et de nos qualités. D'aucuns essaieront parfois de vous convaincre que vous avez agi poussé par ce motif, comme si vous ne le saviez pas déjà. Si jamais j'ai *fait* du bien à un homme, au sens où ils l'entendent tous, c'était bien entendu quelque chose d'exceptionnel et d'insignifiant, comparé au bien ou au mal que je fais sans cesse en étant ce que je suis. Comme si vous exhortiez la glace à agir comme une loupe – ce qui est parfois utile – mais alors les propriétés propres à la glace sont perdues. La glace qui fait uniquement office de loupe ne fait pas son travail.

La question de la vie devient on ne peut plus compliquée à mesure que notre richesse matérielle augmente, que l'aiguille dont ils parlent[60] soit ou non un passage – puisque le problème n'est pas simplement, ni essentiellement, de procurer de la vie à nos corps, mais par cette discipline ou une autre similaire, de procurer de la vie à nos âmes, en cultivant la ferme des basses terres selon de justes principes pour la transformer en une ferme des plateaux. Vous avez tellement plus de *talents* dont vous devez rendre compte[61]. Si ce que j'accomplis dans le domaine spirituel est en proportion de mes richesses terrestres, alors je suis aussi méritant, je vaux autant qu'avant, et rien de plus. En ce qui me concerne, je me rends compte que l'argent *pourrait* m'être d'une grande utilité, mais qu'il ne le serait sans doute pas, car la difficulté a toujours été que je ne tire pas profit des circonstances, et je ne suis pas préparé à voir mes chances augmenter. À présent, je vous préviens, si c'est comme vous le dites, vous devrez endosser pour de bon la charge de Fermier du Haut Pays dès ce printemps, après vous être occupé de la ferme en contrebas. Oui, vous devez choisir vos semences immédiatement et faire tous les travaux d'hiver que vous pourrez. Tandis que d'autres font pousser pour vous des pommes de terre et des pommes de Baldwin, vous devrez faire pousser les pommes des Hespérides[62] pour eux. (Écoutez-le donc servir son sermon !) Nul homme ne peut s'imaginer être le propriétaire d'une ferme des Hauteurs – « hauteur » au sens où elle donnera de plus nobles récoltes et paiera au centuple votre travail – mais il aura l'assurance parfaite qu'il lui incombe de la cultiver.

Bien que nous soyons désireux de gagner notre pain, nous n'avons pas besoin pour cela de nous soucier de *satisfaire* les hommes – tout en prenant soin de les payer – mais de satisfaire Dieu, qui seul nous a donné ce pain. Les hommes peuvent même nous jeter en prison pour dette, uniquement parce que c'est à Dieu que nous avons payé tout notre dû. Pourtant ce dû recouvrait aussi nos créances vis-à-vis des hommes, et nous avons un reçu pour cela, mais ce document est sans valeur. Le porteur vous dira que son compte n'a pas été approvisionné.

Nous sommes aussi prompts à satisfaire la faim et la soif de nos corps que nous sommes lents à satisfaire la faim et la soif de nos *âmes*. En vérité, nous nous voulons un peuple doué de sens pratique, nous ne pouvons utiliser ce mot sans rougir à cause de notre manque de foi, ayant pratiquement réduit cette matière à l'état d'ombre. Cela peut sembler aussi absurde que si un homme se mettait à faire l'éloge de *son chien* alors qu'il n'en possède pas. Un homme ordinaire travaillera chaque jour de l'année à pelleter de la boue pour subvenir aux besoins de son corps, ou à ceux de toute une famille, mais celui qui consacrera chaque année une journée entière à subvenir aux besoins de son âme est un homme extraordinaire. Même les prêtres, les soi-disant hommes de Dieu, confessent pour la plupart qu'ils travaillent pour subvenir aux besoins de leur corps. Mais le seul homme véritablement entreprenant et pragmatique est celui qui réussit à *entretenir* son âme ici-bas. Ne devons-nous pas sans cesse gagner notre vie éternelle ? Et quand on y réfléchit, n'est-ce pas notre seule excuse pour manger, boire, dormir ou même porter un parapluie quand il pleut ? Un homme peut aussi bien se consacrer à élever des porcs qu'à engraisser les corps ou la partie purement temporelle de la famille humaine au grand complet. Si nous faisions vraiment la différence, on nous verrait tous ou presque dans un hospice pour les âmes.

Je vous suis très redevable de ce que vous regardiez avec autant de constance le meilleur côté ou plutôt le centre même de ma personne (car notre vrai centre peut, et peut-être l'est-il le plus souvent, nous être totalement extérieur, si bien que nous nous trouvons excentrés), et comme je l'ai dit ailleurs : « Offrez-moi une occasion de vivre[63]. » Vous me parlez comme si une image ou une idée que je percevrais se réfléchissait de moi vers vous, et réciproquement, juste parce que nous nous trouvons dans le bon angle l'un par rapport à l'autre. Et cela continue, en zigzag, vers on ne sait quelles surfaces réfléchissantes successives, avant de se dissiper totalement ou d'être absorbé par quelque chose qui reflète moins ou peut-être différemment – qui sait ? Ou alors, peut-être vous en remettez-vous à moi pour ce que vous percevez directement. Nous avons tous besoin d'une petite corniche qui nous permet de prendre pied sur la suivante afin d'y construire notre nid dans les nuages, et les rochers en contrebas nous renvoient alors aux cieux au-dessus de nos têtes. C'est comme si un morceau de mica sur le visage ou dans les yeux de quelqu'un était orienté selon le bon angle et réfléchissait les cieux pour nous, comme sur les Monts Délectables[64]. Mais nos angles réciproques sont parfois altérés par de lentes dépressions et des soulèvements géologiques, certains soleils se couchent mais de nouveaux se lèveront pour nous. Cet idéal que je vénérais m'était finalement plus étranger encore qu'au mica. Ce n'était pas le héros que j'admirais mais le reflet de ses épaulettes ou de son heaume. Il n'y a rien (pour nous) qui soit en permanence inhérent à l'autre, à part son rapport avec ce que nous aimons admirer. L'homme le plus ordinaire peut chatoyer aux yeux de son semblable grâce à ces particules de mica. Il existe des paillettes qui embellissent un homme. L'union supérieure – la seule *un*-ion[65] (ne riez pas) ou unité centrale, est la coïncidence de rayons visuels. Notre lieu de réunion était un élément dans une constellation, où nos rayons visuels se sont croisés (et il n'y a eu aucune discussion quant au choix du restaurant). La route entre nous passe par-dessus la montagne.

Vos propos me rappellent un homme de ma connaissance que je rencontre de temps à autre et que vous semblez avoir rencontré vous aussi, un Moi, comme on dit. Mais pourquoi ne pas l'appeler *Toi* ? Vous l'avez croisé, et connu, tout comme je l'ai fait et il est certain que lorsqu'il y a une mutuelle connaissance, le moi et le toi ne se distinguent plus.

Je ne suis point surpris que vous n'aimiez pas mon récit canadien[66]. Il ne m'intéresse guère non plus et ne mérite sans doute pas le temps qu'il m'a fallu pour l'écrire. Toutefois, je n'avais d'autre dessein que de rapporter ce que j'ai vu. J'y ai mis toute la part de moi engagée dans cette excursion. Quoi qu'il en soit, la messe est dite, on n'en imprimera pas la suite et on me renverra mon manuscrit – alors qu'il n'y en a qu'un peu plus de la moitié de publié – en même temps qu'un autre que je leur avais envoyé, uniquement parce que Curtis, le rédacteur en chef, revendique le droit d'omettre certaines hérésies sans me consulter – un privilège que même la Californie n'est pas assez riche pour s'offrir.

Je vous remercie encore et encore de vous occuper de moi ; cela revient à dire que je suis heureux que vous m'entendiez et que vous soyez heureux vous aussi. Accrochez-vous à votre rêve éveillé le plus vague. La moindre poussière verte sur les murs est un végétal organisé ; l'atmosphère a sa propre faune et sa propre flore qui flottent en elle. Devons-nous penser que les rêves ne sont que poussières et cendres, qu'ils ne sont toujours faits que de pensées désagrégées, disloquées, et non de pensées s'assemblant en musique sous un étendard, de systèmes commençant à s'organiser ? Ces espoirs sont les racines ou les noix que même l'homme le plus indigent possède dans sa huche, qu'il grille ou croque de temps à autre les soirs d'hiver, que même le pauvre endetté conserve, avec son lit et son cochon, autrement dit son oisiveté et sa sensualité. Les hommes vont à l'opéra parce qu'ils y entendent confusément la sonorité de mots qui ne sont presque jamais distinctement prononcés. Imaginez un homme qui, pour acheter une ferme, vendrait à la criée une infime quantité de la substance colorant la superficie de ses pensées, qui échangerait une valeur infinie et absolue contre une autre relative et bien finie, pour gagner le monde entier et ruiner sa propre vie[67].

N'attendez pas aussi longtemps que moi pour m'écrire. Si vous cherchez une autre étoile, j'essaierai de fournir mon côté du triangle.

Dites à M. Brown que je me souviens de lui et que j'espère qu'il se souvient de moi.

Sincèrement vôtre

H.D.T.

P.-S. Veuillez excuser ce prêche plutôt irrévérencieux – qui ne me coûte pas beaucoup – et ne pensez pas que je parle *toujours* de vous – bien que votre lettre *ait appelé* ces considérations.

LETTRE XIII

Concord, 10 avril 1853

M. Blake,

Il existe une autre sorte de sphère spirituelle – sans nom, sans prise, sans foyer véritable, comme moi – une authentique arène pour les pensées et les émotions ; assez définie à l'extérieur, mais bien plus indéfinie encore à l'intérieur. Je ne vois pas pourquoi on devrait nous donner du « monsieur » ou du « maître » : nous sommes si proches d'être quelque chose, ou rien, ou de nous voir gouvernés par un quelconque phénomène sans que cela semble nous affliger outre mesure. Il me semble que nous sommes, nous les hommes, de simples créatures de la pensée – l'une des formes les plus inférieures de la vie intelligente, comme le poisson-lune[68] dans le règne animal. Jusqu'à présent, nos pensées n'ont acquis ni caractère définitif ni solidité ; ce sont de simples mollusques, et non des vertébrés. L'apogée de notre existence consiste à flotter à la surface d'un océan où brille le soleil et qui n'apparaît aux yeux des navigateurs immortels que comme une vaste soupe, une bouillabaisse. Il est merveilleux que je sois ici et vous là, et que nous puissions correspondre et vaquer à de nombreuses autres occupations, quand, en fait, où que ce soit, nous sommes bien peu de chose, seuls ou ensemble. D'ici quelques instants, j'espère, cette fine pellicule, ce soupçon de vapeur que je suis, sombrera dans ce qu'on appelle le sommeil – le repos ! En vérité, le repos de quoi ? D'un dur labeur ? De la pensée ? Le dur labeur du pissenlit en terre, qui flotte à la surface de la prairie tout le jour, le dur travail de la fourmi qui s'échine toute la sainte journée, et même au clair de lune, à ériger un petit monticule ? Soudain, je puis accéder à un degré de lucidité rare et vous parler avec une certaine emphase, et l'instant d'après, être une entité si falote et faire si faible impression que personne ne saurait retrouver ma trace. J'essaie de me chercher et constate que le peu que je puisse découvrir de moi-même tombe de sommeil. Je prends alors grand soin de cette petite part de mon esprit et finis par la border. Il se fait tard. Comment puis-*je* avoir faim ou bien me nourrir ? Peut-on dire de *moi* que je dors ? Il n'y a pas assez de « moi » pour cela. Entendez-vous un bruit – « c'est pas moi, c'est pas moi », aboie le chien qui a une casserole attachée à la queue. J'ai lu que quelque chose était arrivé à quelqu'un l'autre jour : comment se fait-il que rien ne m'arrive jamais ? Un pissenlit, qui jamais ne se pose ni ne s'installe – sur lequel souffle un enfant pour voir si sa mère voulait de lui[69] – un enfant divin dans les hauts pâturages.

Ma foi, s'il y a vraiment quelqu'un qui, tel un météore, séjourne en ces lieux, j'aimerais vous demander si vous savez à qui appartient le domaine sur lequel nous vivons ? Pour ma part, je l'aime bien, avec ses pommes sauvages et ses paysages ; mais je ne serais pas surpris que le propriétaire lance bientôt son chien sur moi. Je puis me rappeler une chose qui n'a sans doute pas grande signification, mais si je m'en tiens à ce que je sais, alors…

Cela vaut la peine de vivre dignement juste pour soi. Nous pouvons nous *entendre* avec un voisin, et même avec notre compagnon de lit, si nous les respectons ne serait-ce qu'un peu ; mais sitôt que l'on en arrive à ce moment où nous ne nous respectons plus nous-même, alors nous ne nous entendons plus avec personne. Aucune tête chenue de par le monde ne peut m'aider à vivre de façon digne et satisfaisante par son exemple ou ses conseils ; mais je crois que je peux dès à présent me hisser au-dessus du niveau ordinaire de mon existence. Il vaut mieux avoir la tête dans les nuages, à défaut de l'avoir au-dessus, et savoir où on est, que de respirer l'air sous ces nuages, aussi pur soit-il, et s'imaginer être au paradis.

Avant, vous étiez à Milton sans trop savoir quoi faire. Vivre une vie meilleure – on peut vraiment y arriver. N'attendez pas d'avoir une vision claire de ce que vous devez atteindre. Vous risqueriez de ne pas faire ce que vous voyez clairement. Milton et Worcester ? Tout ça c'est Blake et Blake. Ne vous souciez pas des rats dans le mur ; le chat s'occupera d'eux. Tout ce que les hommes ont dit, ou sont, ne fait qu'un tout petit bruit, et ne mérite pas que l'on s'en souvienne ni qu'on y fasse allusion. Si vous allez rencontrer Dieu, irez-vous en parler à quelqu'un hors de cette cour ? Et d'ailleurs, comment les hommes sauraient-ils si j'ai réussi, s'ils ne savent déjà pas ce qu'est cette vie ? Je n'ai pas vu de reporter du *Times* là-bas.

N'est-il pas agréable de procurer sans attendre à quelqu'un ce qui est nécessaire à la vie – ramasser du bois sec pour le feu quand le temps commence à refroidir, ou des fruits quand nous commençons à avoir faim ? Nous aurons ensuite tout le temps pour réfléchir !

À quoi bon avoir un peu de bois à brûler pour réchauffer votre corps, s'il n'y a pas en même temps un feu divin pour réchauffer votre esprit ?

> *« Jusqu'à ce qu'il parvienne à se dépasser,*
> *L'homme est bien peu de chose*[70] *! »*

Je me blottis près de mon poêle et j'y trouve un autre feu qui réchauffe le feu lui-même. La vie est si brève qu'il n'est pas sage d'emprunter des chemins détournés, ni de passer trop de temps à attendre. Alors, est-il vraiment nécessaire de faire tout ce que nous faisons ? N'avons-nous d'obligations qu'envers le diable, tout comme Tom Walker[71] ? Même si nous tardons à quitter ce mauvais chemin, il sera toujours assez tôt pour emprunter le bon ; ce sera le début de matinée pour nous, et non plus le milieu de l'après-midi. Nous n'avons pas encore fait la moitié du chemin avant l'aube.

Quant aux conférences, j'ai le réel sentiment d'avoir quelque chose à dire, en particulier sur le Voyage, l'Indécision et la Pauvreté ; mais je ne puis venir maintenant. J'attendrai d'être davantage habité par ma réflexion et d'avoir moins d'engagements. Vos suggestions m'aideront beaucoup à les écrire quand je serai prêt. Je pars demain à Haverhill, pour au moins une semaine, pour des travaux d'arpentage. Vous m'aviez d'ailleurs retrouvé là-bas la dernière fois que je m'y suis rendu[72].

Je suis sûr que vous réalisez à quel point j'exagère – et combien je me laisse aller à exagérer chaque fois que j'en ai la possibilité – j'empile le Pélion sur l'Ossa[73] pour atteindre les cieux. N'attendez pas de vérité purement factuelle de ma part, à moins de me trouver au banc des témoins. Je serai aussi près de mentir que vous de conduire un chariot à quatre chevaux. Si les choses ne sont pas ainsi pour moi, elles sont autrement. Que j'aie la carcasse ou la viande, je ne suis pas regardant sur la qualité, quand je sais tout ce qu'elles deviendront.

Je vois que je n'ai pas du tout répondu à votre lettre, mais j'aurai encore du temps pour cela.

LETTRE XIV

Concord, 19 décembre 1853

M. Blake,

Ma dette envers vous s'est tant accrue que j'aurais dû répondre sans tarder à votre dernière lettre. Mais j'ai été soumis à ce qu'on appelle une foule d'engagements, ayant eu une conférence à rédiger pour mercredi dernier[74] et, de surcroît, plus de travaux d'arpentage qu'à l'accoutumée. Ce fut une sorte de bataille contre moi-même, et je crois que l'ennemi n'est toujours pas derrière moi.

C'est vrai, un homme ne peut se soulever lui-même par la ceinture, parce qu'il ne peut sortir de lui-même ; mais il peut se dilater (ce qui est possible, puisqu'il n'y a ni haut ni bas dans la nature), et donc déchirer sa ceinture, comme il est déjà à l'intérieur de lui-même.

Vous parlez de *faire* et d'*être*, et de la vanité, réelle ou apparente, de faire beaucoup. Les lamproies[75] – je crois que ce sont elles – font leurs nids dans nos rivières au printemps avec une pleine charretée de petits cailloux, et déposent leurs œufs au milieu. L'autre jour, j'ai ouvert le nid d'un rat musqué. Il était fait d'herbes, mesurait cinq pieds de large à la base sur trois de haut, et tout au fond il y avait une petite cavité, d'un pied de diamètre, où vivait le rat. Cet entassement d'herbe peut paraître futile, mais c'est comme ça que la race des rats musqués se préserve. Nous devons amonceler un grand tas de *faire*, pour un petit diamètre d'*être*. Ne nous incombe-t-il pas de *faire* quelque chose, ne serait-ce qu'un travail des plus routiniers ou des plus répétitifs ? En effet, une sorte de cycle est nécessaire pour produire un centre, un noyau d'*être*. Ce que l'exercice est pour le corps, un emploi l'est pour l'esprit et le moral. Songez à la quantité de corvées qui doivent être accomplies, combien de labeur routinier et prosaïque entre dans tout travail sans grande valeur. Dans chaque coquillage, il y a de nombreuses couches de simple calcaire avant la plus fine, si joliment nacrée. Le mollusque ne peut songer à construire sa maison uniquement avec ce matériau, et finalement que sont ces irisations pour lui ? Ce n'est qu'une chemise lisse et parfaitement à sa taille, dont les nuances *ne sont pas* faites pour lui, puisqu'il est dans le noir. Ce n'est que quand il s'en est allé ou qu'il est mort et que sa coquille échouée sur la plage est placée sous la lumière, qu'elles apparaissent. Avec lui, c'est encore une *Chanson de la Chemise* : « Travail – travail – travail[76] ! » Le travail n'est pas à entendre au sens grossier de contrainte, mais au sens noble de discipline. S'il est le seul moyen permettant d'atteindre à coup sûr l'objectif le plus élevé que nous puissions nous fixer, un travail peut-il être mortifiant ou répugnant ? Le moyen qui nous permettra de nous élever ne ressemblera-t-il pas à une sorte d'échelle ?

Grâce à sa dévotion à son art, l'artiste est on ne peut mieux préparé à réussir sa culture personnelle ! Le bûcheron, à travers son effort pour bien faire son travail, devient non seulement un meilleur bûcheron, mais aussi un *homme* sensiblement meilleur. Rares sont les hommes qui peuvent travailler sur leur nombril – juste quelques Brahmanes dont j'ai entendu parler[77]. À la place, on donne au peintre de la peinture et une toile, à l'Irlandais, un goret, qui le symbolise si bien. De mille façons en apparence insignifiantes, les hommes s'emploient à ce que du bien prenne la place du mal, ne serait-ce que simplement pour fabriquer un meilleur cirage – et eux-mêmes s'en trouvent *tellement* mieux moralement.

Vous dites que vous ne réussissez guère. Est-ce que cela vous préoccupe tant que cela de ne pas réussir ? Y travaillez-vous suffisamment ? En tirez-vous le bénéfice de la discipline ? Si tel est le cas, persévérez. Y a-t-il quelque chose de plus sérieux que de parcourir à pied un millier de miles pendant un millier d'heures ? Cela vous donne-t-il du grain ? Avez-vous jamais pensé à vous pendre à cause de l'échec ?

Si vous allez par là – à l'assaut de la cité de Dieu – non seulement vous devez être équipé de puissantes machines de guerre, mais aussi préparé à affamer la garnison. Un Irlandais qui s'efforce de faire venir sa famille dans ce Nouveau Monde est venu me voir aujourd'hui[78]. Il se lève à quatre heures et demie du matin, trait vingt-huit vaches (ce qui lui a abîmé les articulations des doigts), et prend son petit-déjeuner avant six heures, sans la moindre goutte de lait dans son thé ou son café. Et c'est comme ça jour après jour, pour six dollars et demi par mois. C'est ainsi qu'il préserve sa vertu, à défaut de l'accroître. Il me considère comme un *gentleman* capable de l'aider, mais si d'aventure je finis par en être un, ce sera en travaillant plus dur que lui, à ma façon. Si mes articulations ne sont pas abîmées, c'est sans doute parce que, moi, avant le petit-déjeuner, je m'occupe des pis des vaches célestes (et dans ce cas le laitier que je suis se voit toujours allouer un peu de lait pour son repas), sans parler du petit et du gros bétail d'Admète[79] dont je m'occupe ensuite.

C'est le rôle de l'humanité de polir le monde, et tous ceux qui travaillent en frottent une partie.

Si l'œuvre est élevée et éloignée,

Il ne suffit pas de bien viser,
Il faut bander l'arc avec fermeté.

Vous devez faire en sorte d'avoir les qualités requises pour utiliser un arc qu'aucun archer plus modeste ne saurait bander.

Travail – travail – travail !

Qui reconnaîtra que c'est un arc ? Ce n'est pas un if[80], c'est plus droit qu'un rayon de lumière ; la flexibilité lui est inconnue.

22 décembre

J'en étais là de mes réflexions, quand on m'a demandé d'effectuer des travaux d'arpentage[81]. Je vous invite à lire la vie du peintre Haydon[82], si vous ne l'avez déjà fait. C'est la petite révélation de ces derniers jours ; une grande satisfaction de savoir qu'il a vécu, bien qu'il soit mort aujourd'hui. Avez-vous lu cette lettre d'un *cadi* turc à la fin de l'*Ancienne Babylone* de Layard[83] ? Elle est, elle aussi, rafraîchissante, et constitue un commentaire capital sur tout le livre qui la précède – le génie oriental parle à travers lui.

Ces Brahmanes « y sont arrivés ». Ils s'en sortent, ou plutôt se tiennent immobiles, conquérants, en montrant *ad minima* des bras ou des jambes atrophiés. On dit d'eux qu'ils ont cultivé la faculté d'abstraction jusqu'à un degré inconnu des Européens. Si nous ne pouvons chanter la foi et le triomphe, nous chanterons notre désespoir. Nous serons ce genre d'oiseaux. Il y a des chouettes de jour et des chouettes de nuit, et chaque espèce est belle et toujours mélodieuse dans tout ce qu'elle fait.

Ne pourriez-vous trouver un vrai travail que vous effectueriez en vous détournant de l'Église et de l'État, laissant à votre dos le soin d'exprimer que vous les rejetez complètement ? Comme Pierre[84], ne pouvez-vous *partir* pour votre pèlerinage le long du sinueux chemin qui s'offre à vous dans la montagne ? Chaque pas fera de ce glas qui sonne derrière vous une sorte de bruit naturel, doux et lointain.

Travail – travail – travail !

Pourquoi ne pas confectionner une très grosse *mud-pie*[85] et la cuire au soleil ! Mais prenez soin de n'y mettre ni Église ni État, et évitez d'y verser tout autre sorte de poivre. Allez plutôt déloger une marmotte, car elle au moins n'a rien à voir avec ces institutions pourries. Allez de l'avant[86].

Qu'un homme passe sa journée plongé dans l'extase ou l'abattement, il doit travailler pour y parvenir, et parfois même suer sang et eau. Nous sommes supérieurs à la joie que nous ressentons.

Vos deux dernières lettres contiennent, selon moi, plus de nerf et de volonté que d'ordinaire, comme si vous étiez parvenu à un degré d'élévation supérieur. Pourquoi ne formeraient-elles pas une véritable œuvre, quand bien même vous auriez une centaine de correspondants vous mettant à contribution ?

Donnez une dimension tragique à votre échec par le sérieux et la fermeté de votre effort, et il ne différera plus guère du succès. Montrez que c'est le lot inévitable des mortels – d'un mortel – si vous le pouvez.

Vous me dites avoir écrit sur l'Immortalité. J'aimerais que vous me communiquiez ce que vous savez sur ce sujet. Tant que ce thème nourrit votre réflexion, vous êtes sûr de vivre.

Je suis d'ailleurs en train de rédiger un texte qu'une phrase de vos lettres m'a sans doute suggéré.

Je pense venir vous voir aussitôt que j'aurai un nouveau manteau, si j'ai assez d'argent de côté. Je vous réécrirai à ce sujet.

LETTRE XV

Concord, 21 janv. 54

M. Blake,

Mon manteau est enfin terminé, ma mère et ma sœur[87] ont fait en sorte que je sois *désormais* en état de me mettre en route. J'ai l'impression d'être parti sitôt que je l'endosse. Ce vêtement, qui doit avoir été inventé par je ne sais quel comte D'Orsay[88], m'est encore étranger quand je le porte. Celui qui l'a fabriqué ne connaissait ni ma taille, ni mes formes. Il a juste pris les mesures d'une patère pour l'y accrocher et il aurait pu faire l'encolure suffisamment grande pour que j'y passe la tête. Il faut une indifférence pas tout à fait innocente – pour ne pas dire de l'insolence –

pour réussir à le porter. Ah, le processus matériel par lequel nous nous procurons un pardessus n'est pas ce qu'il devrait être. Pourtant l'Église le déclare juste mais, que son prêtre me pardonne, mon Bon Génie me dit qu'il est hâtif, grossier et artificiel. J'attends le jour où, grâce à son intégrité, un homme se procurera son manteau de façon aussi honnête qu'un arbre son écorce, et où il lui ira aussi bien. De nos jours, nos vêtements sont les symboles de notre soumission à la manière dont va le monde, autrement dit au Diable, et dans une certaine mesure, ils agissent sur nous et nous empoisonnent comme cette tunique qu'Hercule avait revêtue[89].

Je pense venir vous voir la semaine prochaine, lundi[90], si rien ne vient y faire obstacle. Je rentre tout juste du Tribunal de Cambridge, où j'ai été appelé comme témoin, ayant effectué des travaux d'arpentage pour une concession hydraulique au sujet de laquelle il y a désormais un différend[91].

Ah ! existe-t-il une contrée étrangère, plus grande que les États-Unis ou la Russie, sans la moindre âme qui vive au kilomètre carré – s'étendant à perte de vue, dans chaque direction, loin de tous ces êtres humains pour lesquels vous n'éprouvez pas la moindre sympathie ? Leur humanité m'affecte parce qu'elle est tout simplement monstrueuse. En comparaison, les pierres, la terre, les bêtes sauvages ne me sont pas aussi étrangères. Quand je m'assieds dans le salon ou la cuisine de quelqu'un avec qui j'entre en relation pour mes affaires – j'allais dire en contact – (les affaires, comme la misère, vous donnent d'étranges compagnons de couche[92]), j'éprouve une sorte de crainte respectueuse et je me sens aussi désespéré que si je m'étais échoué sur un rivage désolé – je pense alors au Récit de Riley[93] et à ses souffrances. Vous qui vous êtes élancé comme un faucon avec son compagnon à travers le royaume du ciel, dès que vous retombez sur terre, privé de vos ailes majestueuses, vous prenez immédiatement l'allure piteuse d'un oisillon pataud. (À propos, veuillez excuser mon écriture car j'utilise le moignon de ma dernière plume.) Toutefois, quand vous voyagez dans ce monde obscur et désert, vous devinez dans le lointain une trame intelligente et bienveillante – des étoiles surgissent dans le noir et des oasis apparaissent dans le désert.

Mais (pour en revenir aux manteaux), nous sommes tous quasiment étouffés sous des manteaux encore plus calamiteux qui, notre vie durant, ne nous iront jamais. Songez à cette houppelande qu'est pour nous, notre emploi, notre situation – voyez comme les hommes se considèrent rarement tels qu'ils sont vraiment, dans leur nature nue et authentique. Voyez comme nous utilisons et tolérons la prétention, comme le juge est investi d'une dignité qui ne lui sied pas, comme le témoin tremble d'une humilité qui ne lui est pas propre, et parfois même le criminel d'une honte ou d'une impudence qui ne lui appartiennent pas davantage. Peu importe, après tout, l'allure du manteau que nous portons. Pour peu qu'on intervertisse les vêtements – mettez le juge dans le box du criminel et le criminel à la place du juge – on ne serait pas loin de croire qu'on a changé les hommes.

Nul doute que le moins épais de tous les manteaux est la tromperie ou le mensonge. Il est miteux, s'effiloche, il est encore moins bien tissé que la plus quelconque des étoffes – ses mailles forment une trame grossière. Un homme peut se permettre de ne mentir qu'à l'intersection des fils, la vérité comblera les vides entre les mailles et permettra à l'ensemble de rester cohérent.

J'entends simplement suggérer que le rang social influe sur le comportement et la respectabilité des gens. La différence entre la robe du juge et l'habit du criminel est insignifiante – ou relativement insignifiante – comparée à la différence entre les manteaux que leurs situations respectives leur permettent d'endosser. Grâce à ses beaux atours, le juge peut se donner des airs que le criminel ne peut se permettre d'arborer ! L'opinion du juge (*sententia*) sur le criminel vaut *sentence* pour lui, elle est lue par le greffier, publiée et exécutée par le sheriff – mais l'opinion du criminel sur le juge a tout autant le poids d'une sentence, pourtant elle n'est publiée et exécutée que dans la cour suprême de l'univers – qui n'est pas la cour des plaintes courantes[94]. Laquelle est la plus juste ? Les hommes prononcent sans cesse des *sentences* les uns contre les autres, mais que nous soyons juges ou criminels, la sentence reste inefficace si nous ne nous condamnons pas nous-mêmes.

Je suis heureux d'apprendre que je n'entrave pas toujours votre vision quand vous regardez dans ma direction – que vous voyez parfois la lumière à travers moi, que de temps à autre je suis une fenêtre et non un mur aveugle. Est-ce que la communauté ne pourrait exiger d'un homme qu'il s'en aille parce qu'il constitue une nuisance, qu'il voile le jour, qu'il est le grain de poussière qui nous aveugle ?

H.D.T.

LETTRE XVI

Concord, 8 août 1854

M. Blake,

Je crains fort d'avoir passé jusqu'à présent un été peu profitable. J'ai été par trop plongé dans le monde, comme disait le poète[95]. Mener à bien les obligations les plus nobles que ce monde impose ne me procurera guère de satisfaction. Mieux vaut même les négliger, quand votre vie est arrivée au stade où il est impossible de les apprécier. Dernièrement, j'ai entendu jusqu'aux mouches bourdonner trop nettement, et je me suis reproché de n'avoir pas réussi à faire taire ce vacarme insignifiant. Nous ne devons pas nous laisser distraire trop facilement par les pleurs des enfants ou des dynasties. L'Irlandais a construit sa porcherie, se saoule et se met à brailler de plus en plus souvent sous mes fenêtres, et je suis responsable de toute cette crasse, de toute cette bêtise. Plus que jamais, je trouve qu'il n'y a rien à gagner à entretenir un commerce régulier avec les hommes[96]. Cela revient à semer le vent, sans même récolter la tempête, rien qu'un calme et une inertie dépourvus d'intérêt. Nos conversations ne sont qu'interminables spéculations creuses et polies. J'en reprends le fil chaque matin, avec un courage comparable à celui de l'invalide qui prend les cachets Seidlitz[97] qui lui ont été prescrits. Puis-je vous servir de ce maquereau[98] ? Tout cela serait plus respectable si, comme on l'a déjà dit, les hommes étaient des Géants du Désespoir[99], et non des Pygmées désespérés. Emerson affirme que son existence est pour l'essentiel si vaine et si misérable, qu'il se voit réduit à utiliser toutes sortes d'expédients, et même, entre autres, la fréquentation des hommes. Je lui réponds que nous ne différons que dans le choix de nos expédients. Les miens consistent à m'éloigner des hommes. Il est rare que je sois touché par leur grandeur ou par leur beauté ; mais je sais par contre que chaque jour, il y aura un lever et un coucher de soleil. L'été, ce monde n'est qu'un trou d'eau – comme Saratoga – buvant Dieu sait combien de tonneaux d'eau du Congrès[100], et l'hiver se saoulant d'oratorios. Est-ce vraiment mieux ? J'ai fréquenté plus d'hommes que d'ordinaire, ces derniers temps, et, quels que puissent être mes liens avec les uns ou les autres, je suis surpris de voir quelles créatures vulgaires ils peuvent être. Ils vaquent chaque jour à quelques tâches, afin de payer leur pension, puis ils se rassemblent dans des salons, devisent mollement et pataugent dans la fange mondaine. Quand je les crois suffisamment détendus, je m'attends à les voir rejoindre leurs sanctuaires. Ils regagnent alors leurs lits sans vergogne et se recouvrent d'une nouvelle couche de paresse. Dans leur *fainéantise*, ils peuvent être aussi bien célibataires qu'avoir une famille. Je ne fréquente pas les hommes qui ne peuvent rien avoir à faire avec moi parce qu'ils sont trop occupés avec eux-mêmes. Toutefois, je garde bon espoir que quelques-uns caressent des desseins qu'ils n'avouent jamais. Pensez un instant à un homme qui ne s'occuperait que de ses propres affaires ! Comme nous devrions lui vouer du respect ! C'est dans toute sa gloire qu'il devrait nous apparaître ! Un homme ne travaillant pas pour une firme quelconque, son patron ou son président, mais réalisant la finalité propre à son être ! Un homme vaquant à *ses* affaires serait l'étoile adorée de tous les yeux[101].

L'autre soir, j'étais résolu à faire taire ce vacarme superficiel, à marcher dans différentes directions pour voir si on ne pouvait trouver alentour quelque silence insondable. Tout comme Bonaparte envoya ses cavaliers sur les bords de la mer Rouge pour trouver des eaux peu profondes, j'ai mis mes pensées en selle pour en trouver de plus profondes. J'ai quitté le village et remonté la rivière jusqu'à Fair Haven Pond[102]. Comme le soleil déclinait, j'ai vu un batelier solitaire musarder sur le lac étale. Les gouttes de rosée semblaient filtrer et purifier l'air, et je me suis senti apaisé par cette sérénité infinie. Je tenais, pour ainsi dire, le monde par le cou et je l'ai maintenu sous le flot de ses propres événements, jusqu'à ce qu'il se noie, puis je l'ai laissé descendre le courant tel un chien mort. D'immenses plages de silence s'étendaient de chaque côté et mon être se déployait en proportion pour les remplir. Ce n'est qu'ensuite que je pus apprécier le bruit et le trouver musical.

Mais venons-en à vos nouvelles. Parlez-nous de l'année. Avez-vous mené le bon combat ? Quel est l'état de vos récoltes ? Votre moisson répondra-t-elle bien aux espérances des semences et vous sentez-vous réconforté par la perspective de vastes champs de maïs ? Y a-t-il la moindre maladie dans vos champs, ou dans vos troupeaux ? Avez-vous vérifié la taille et la qualité de vos pommes de terre ? Cela fait du bien de voir leurs plants se balancer sur les basses terres. Avez-vous ramassé votre foin avant que les pluies aient commencé ? Y en a-t-il assez dans vos granges pour nourrir votre bétail ? Arrachez-vous les mauvaises herbes en ce moment ? Ou bien vous êtes-vous ménagé un peu de loisir pour aller pêcher ? Avez-vous planté des *Regrets Géants* le printemps dernier, comme je vous l'avais recommandé ? Ce n'est pas vraiment une nouvelle espèce, mais le résultat de la culture et d'un sol fertile. Ils sont excellents pour la sauce. Comment sont vos courges pour l'hiver ? Y aura-t-il assez de nourriture pour tenir là où vous êtes ? Quel est l'état des sources ? J'ai lu que par chez vous, il y a plus d'eau sur les collines que dans les vallées. Trouvez-vous qu'il est facile d'obtenir toute l'aide que vous réclamez ? Travaillez tôt et tard, et laissez vos hommes et vos équipes se reposer à midi. Sous ce climat chaud, veillez à ne pas trop boire d'eau pendant que vous sarclez. Cela vous permettra de mieux supporter la chaleur.

LETTRE XVII

Concord, 21 septembre 1854

Blake,

Je viens juste de lire votre lettre, mais n'entends pas y répondre maintenant, parce que le temps me fait défaut pour vous dire tout ce que je souhaite vous dire. Par le biais de Ticknor's, je vous ai fait adresser un exemplaire de « *Walden* » le jour de sa publication[103], et il aurait dû vous parvenir plus tôt. Je me réjouis de savoir qu'il vous intéresse tel qu'il se présente désormais – sous la forme d'un livre imprimé – car vous l'aviez réellement passé au crible et vous vous étiez montré très utilement exigeant avec moi. Quant à l'excursion que vous proposez[104], nul doute qu'elle devrait me plaire – d'ailleurs j'avais pensé vous suggérer la même à Brown et vous, il y a quelques mois. J'aurais sans doute mieux fait de suivre mon idée, car dans ce cas j'aurais pu l'entreprendre avec cet esprit dégagé – libre de tout engagement – que je pense si nécessaire. Il se trouve que j'ai accepté d'aller faire une conférence à Plymouth[105], dimanche en huit (1er octobre), puis à Philadelphie en novembre[106], et ensuite dans l'Ouest, *s'ils veulent bien de moi*. Mais comme je n'ai rien préparé qui puisse être présenté, je crains de devoir y consacrer chaque heure. Néanmoins, je pense qu'après être allé à Plymouth je pourrai me libérer un jour ou deux – si cette date vous convient, ainsi qu'à Brown. *Quoi qu'il en soit*, je vous écrirai à ce moment-là.

LETTRE XVIII

Concord, 5 oct. 54

M. Blake,

Après que je vous ai écrit, M. Waston a reporté d'une semaine mon voyage à Plymouth, soit pour le dimanche d'après, et il souhaite à présent que j'apporte mes instruments pour arpenter sa propriété dont la taille a augmenté. Bien que n'ayant envisagé qu'une brève excursion, j'ai besoin d'un peu d'argent, et je ne me sens pas libre de décliner cette offre. Je ne sais pas exactement combien de temps il me retiendra – mais nous avons tout le temps devant nous – et je vous écrirai à nouveau – peut-être de Plymouth.

Il y a un certain M. Thomas Cholmondeley[107] (prononcer Chumly), un jeune écrivain anglais, qui séjourne dans notre maison en ce moment. Il me demande de lui apprendre la *botanique* – autrement dit tout ce que je sais – et veut également faire une excursion dans la montagne. C'est une personne de bonne compagnie, et je lui proposerai *peut-être* de se joindre à nous dans cette ballade à Wachusett[108] – si cela ne vous dérange pas. Si je ne reçois aucune objection de votre part, je considérerai que j'ai *toute latitude* de l'y convier.

En hâte,

H.D. Thoreau

LETTRE XIX

Concord, samedi après-midi, 14 octobre 1854

Blake,

Je rentre tout juste de Plymouth[109], où j'ai été retenu plus longtemps que je ne l'espérais par mes travaux d'arpentage.

Que diriez-vous d'aller visiter Wachusett jeudi prochain[110] ? Je me mettrai en route à 7 h ¼ du matin *à moins que la journée ne s'annonce orageuse*, j'irai en train jusqu'à Westminster, et de là à pied sur 4 ou 6 miles jusqu'au sommet de la montagne. Je puis m'engager à vous y retrouver à 12 heures (ou avant).

Si le temps est défavorable, j'essaierai à nouveau vendredi, puis lundi.

Si un orage éclate après mon départ, je vous chercherai à la taverne du Centre de Princeton, dès que je le pourrai.

J'attends une réponse de votre part pour conclure cette affaire.

Bien à vous

Henry D. Thoreau

LETTRE XX

Concord, 19 décembre 1854

M. Blake,

Je suppose que vous êtes au courant de ma rencontre véritablement providentielle avec M. T. Brown[111] ; providentielle parce qu'elle m'a empêché de penser que mes paroles étaient tombées sur un sol rocailleux, alors qu'il y avait une terre fertile à Worcester. Vous me permettrez de considérer que je m'entends et corresponds avec lui grâce à vous.

Je reconnais être un piètre épistolier, surtout pour ce qui est de la rapidité de mes réponses, mais je suis certain de répondre tôt ou tard. Plus je vous ai négligé longtemps, plus je me souviens de vous. Le moins que l'on puisse dire est que je n'ai guère été oisif depuis que nous nous sommes vus. Comment va le monde pour vous ? Ou plutôt, comment vous passez-vous de lui ? Je n'ai pas encore appris à vivre, force m'est de le constater, et je crains de ne pas y arriver de sitôt. Mais je constate qu'au bout du compte les choses correspondent à mon idée première – et qu'il n'y a rien d'autre à quoi elles correspondent aussi bien. Voilà comment un homme peut être un véritable prophète sans trop d'effort. Le jour n'est jamais suffisamment noir, ni la nuit d'ailleurs, pour empêcher les lois de la lumière de s'imposer. Elles éclairent ainsi nos esprits pour peu qu'ils soient ouverts à la vérité. Il y a de considérables risques qu'un homme perde la tête entre le déjeuner et le souper, sans pourtant que cela réponde à quelque noble dessein ni ne s'avère plus difficile que de garder la raison. Nous savons finalement ce que sont la vie et la mort, avant même de commencer à vivre comme nous l'entendons. Apprenons notre abc le plus vite possible. Je ne sache pas que le soleil puisse être décroché et jeté dans une flaque de boue ; il ressort couvert d'honneurs après chaque orage. Prenons parti pour le soleil, puisque nous disposons de beaucoup de temps libre. Ne mettons pas tout ce qui nous tient à cœur dans un ballon dans lequel quelqu'un donnera un coup de pied, quand une vessie ferait aussi bien l'affaire.

Quand un Indien est brûlé sur le bûcher[112], son corps peut être grillé, il ne sera rien de plus qu'une sorte de steak. Et après ? Ils peuvent griller son *cœur*, mais ils ne brûlent pas pour autant son *courage* – ses principes. Tenez bon ! C'est le principal.

Un homme qui se préparerait à l'avance à endurer vaillamment la pire des choses qui puisse lui arriver, ne tarderait pas à se rendre compte qu'il s'était fait une montagne d'une taupinière et qu'il avait tendu le dos pour rien. Quand Atlas[113] a courbé l'échine, c'était tout ce qu'on attendait de lui. Le monde repose sur quelques principes. Les dieux dans leur grande sagesse se garderont toujours d'étayer l'homme. Mais tant que l'homme rampe, qu'il paresse et se soustrait à sa tâche, chaque créature lui marchera sur les pieds et le piétinera ; et lui-même se marchera sur le pied avec l'autre pied.

Le monstre n'est jamais que là où nous pensons qu'il est. Ce qui est vraiment monstrueux, c'est notre couardise et notre fainéantise.

À l'image de l'Église catholique et de tant d'autres, n'ayez pas de vaine discipline, qu'elle soit au contraire positive et fertile. Faites ce que vous savez devoir faire. Pourquoi devrions-nous nous mettre en route pour aller demander conseil à un voisin, ne serait-ce qu'en face ? Il y a en chacun de nous un voisin plus proche qui nous dit sans cesse comment nous devrions nous comporter. Pourtant nous allons tout de même trouver ce voisin à l'extérieur, qui nous entraînera sur la voie de la facilité et du fourvoiement.

Ils ont un tableau de recensement[114] dans lequel ils notent le nombre des fous. Croyez-vous qu'ils les y ont tous mis ? Alors que, dans chaque maison il y a au moins un homme qui passe le plus clair de son temps à lutter contre sa douzaine de démons familiers. Ceux qu'il a lui-même nourris, chéris, et qui rongent impitoyablement ses organes vitaux. Et si d'aventure, rassemblant tout son courage, il se résout à les combattre, il dit : « Oui ! oui ! Je m'occuperai de vous après le déjeuner ! » Mais le moment venu, il se dit qu'il peut encore attendre et lit une colonne ou deux sur la *Guerre de l'Est*[115] dans son journal ! Dites voir, sans rire, où se trouve Sébastopol ? Qui est Menchikoff[116] ? Et ce Nicolas qui est derrière lui ? Qui sont les Alliés ? Est-ce que nous ne nous sommes pas un peu battus (pas vraiment pour nous sentir en sécurité, mais juste assez pour que cela soit intéressant) à Alma, à Balaclava ou à Inkermann[117] ? Nous aimons nous battre loin de chez nous. Ah ! le mousquet Minié[118] est le roi des armes. Et si nous nous en procurions un ?

Je viens juste de remettre un bout de bois dans mon poêle – un assez beau morceau de chêne blanc. Combien d'hommes feront ce qu'il faut, par cet hiver glacial, pour payer le combustible nécessaire pour se réchauffer ? M'est avis que j'ai brûlé un arbre d'assez belle taille ce soir – et pour quoi ? Je m'étais entendu avec M. Tarbell[119] là-dessus l'autre jour, mais il ne s'agissait pas d'un accord définitif. Je m'en suis tiré à bon compte avec lui. On dira bientôt : « Voyons voir, combien de bois brûlez-vous, *monsieur* ? » Et je frissonne à l'idée que la prochaine question sera : « Que faisiez-vous quand vous étiez au chaud ? » Est-ce que nous pensons que les cendres vont payer tout cela ? Que Dieu est un amateur de cendres ? Le fait est que nous avons à rendre compte des actes accomplis pendant que nous étions dans nos corps[120].

Qui sait si l'année prochaine nous ne serons pas meilleurs que nous l'avons été cette année ? En tout cas, je vous souhaite une année vraiment *nouvelle* – qui commencera dès l'instant où vous lirez ces lignes – et heureuse ou malheureuse, selon vos mérites.

LETTRE XXI

Concord, 22 déc. 54

M. Blake,

Je ferai une conférence pour votre cercle culturel le 4 janvier prochain[121], et j'espère que j'aurai un peu de temps pour passer une bonne journée hors de chez moi. M. Cholmondeley est à Boston, mais je puis *peut-être* lui écrire pour lui proposer de m'accompagner.

Je me suis engagé à faire une conférence à New Bedford le 26 courant, je logerai à 3 miles de la ville chez Daniel Ricketson[122] ; puis à Nantucket le 28 ; si bien que je serai parti toute la semaine. On dit que le mauvais temps menace de nous immobiliser à Nantucket, mais je sais que d'autres courent le même risque.

Il serait préférable que vous accusiez réception de la présente malgré tout, sans avoir besoin de rien écrire d'autre, car sinon je ne saurai pas si vous l'avez reçue ; mais peut-être n'attendrez-vous pas de m'avoir vu pour répondre à ma lettre. Je vous dirai le fond de ma pensée sur ces tournées de conférences quand je vous verrai.

Avez-vous vu la notice sur *Walden* dans le dernier *Anti-Slavery Standard*[123] ? Vous ne serez pas surpris si je vous dis que cela m'a rappelé ce que vous m'en aviez dit.

Bien à vous,

Henry D. Thoreau

LETTRE XXII

Concord, 27 juin 1855

M. Blake,

J'ai été malade et incapable, depuis deux ou trois mois, de rien faire d'autre que de rester étendu sur le dos à attendre que quelque chose se passe[124]. Cela m'a *forcé* à reporter plusieurs choses, parmi lesquelles celles de vous écrire, à vous à qui je suis profondément redevable, et de vous inviter, Brown et vous, à Concord. Je n'avais pas l'esprit à cela. Je me sentirais moins honteux si je pouvais donner un nom à ces troubles, mais j'en suis incapable. Notre médecin ne peut m'y aider et je me refuse de prononcer à faux le nom d'une quelconque maladie[125]. Il y a cependant une consolation au fait d'être malade, c'est la possibilité de recouvrer une santé meilleure que jamais. J'attendais impatiemment la fin de l'hiver pour pouvoir m'enfoncer profondément dans les forêts du Maine à bord de mon canoë, mais je suis loin de tout cela et c'est à peine si je puis faire une lente promenade à pied dans les rues de Concord[126].

Je ne sais pas comment ce malentendu est apparu à propos de l'excursion à Cape Cod[127]. Ce que je peux vous dire, c'est qu'il y a environ un mois, Channing m'a proposé d'aller avec lui à Truro, près de

Cape Cod, et d'y séjourner quelque temps, mais j'ai décliné son offre. Il est vrai que, pendant un moment, j'ai été plus ou moins tenté d'aller là-bas, pour m'installer sur le rivage une semaine ou deux. Mais maintenant je ne me hasarderai pas à lui proposer de lui servir de compagnon de voyage, pas plus qu'à aucun autre péripatéticien. Non que je ne me réjouirais pas de vous avoir, Brown, C[hanning] ou vous, à mes côtés, mais je ne suis pas certain que C[hanning] veuille vraiment y aller en ce moment – et comme je dois m'y rendre uniquement pour raison médicale, je ne pense pas qu'il ait besoin de savoir quand je prends mes remèdes.

Depuis que j'ai commencé cette lettre, soit en l'espace de 5 minutes, j'en suis venu à me dire que je me mettrai en route pour Truro samedi prochain, le 30, en matinée. Je ne sais pas à quelle heure le bateau quitte Boston, ni exactement quel genre de logement je trouverai à Truro.

J'aurais beaucoup de chance si Brown et vous y étiez en même temps, et bien que vous ayez parlé du 20 juillet, je me permettrai de vous suggérer de venir à Concord vendredi soir (le jour où, d'ailleurs, Garrison et Phillips[128] viennent donner une conférence ici) et d'aller à Cape avec moi. Nous ne ferons que de brèves promenades ensemble, mais nous pourrons avoir de *longues* discussions et, qui plus est, Brown et vous disposerez de suffisamment de temps pour vos propres excursions.

J'ai reçu une lettre de Cholmondeley l'hiver dernier, j'aimerais vous la montrer, ainsi que son livre[129]. Il écrit qu'il a « accepté un poste de capitaine dans la Salop Militia[130] » et qu'il espère au plus vite prendre une part active à la guerre.

Je vous remercie encore et encore pour les encouragements que constituent vos lettres. Mais je dois m'arrêter d'écrire ou il m'en coûtera.

Sincèrement vôtre

H.D. Thoreau

LETTRE XXIII

North Truro, 8 juillet 1855

Comme il n'y avait pas de bateau, je n'ai pas pu quitter Boston avant jeudi dernier, bien que j'y sois arrivé mercredi en compagnie de Channing. Il n'y a pas d'auberge ici, mais nous sommes en pension chez M. James Small, le gardien du phare, dans une petite maison attachée au Highland Lighthouse[131]. C'est vrai que les convives ne sont pas aussi distingués que nous pourrions le souhaiter, mais je les ai trouvés incomparablement supérieurs à ceux de l'hôtel Provincetown. Ce sont ce qu'on appelle de « bons vivants ». Notre hôte possède une autre maison inoccupée plus grande et très confortable, à un quart de mile de là, où il affirme pouvoir encore loger plusieurs personnes. C'est un homme de commerce très agréable – il a souvent été le représentant de la ville, et en est peut-être l'homme le plus intelligent. Je resterai sans doute ici une dizaine de jours au plus : pension 3,50 $ par semaine. Brown et vous feriez donc mieux de venir sans délai. Vous trouverez le schooner *Melrose* ou l'autre, voire les deux. Ils quittent Commerce Street ou le T Wharf[132], à 9 heures du matin (cela signifie en général 10 heures), les mardis, jeudis et samedis – quelquefois aussi les autres jours. Nous sommes partis aux alentours de 10 heures du matin et sommes arrivés à Provincetown à 5 heures de l'après-midi – une belle traversée. Il y a une diligence qui va jusqu'à Cape tous les matins sauf le dimanche. Elle part à 4 heures ½ du matin et arrive au bureau de poste de North Truro, à sept miles de Provincetown et un mile du phare, vers 6 heures. Si vous arrivez à P[rovincetown] avant la nuit, vous pouvez faire le reste de la route à pied et faire suivre vos bagages. Vous pouvez aussi venir tous les jours par le train de Boston à Yarmouth[133], et parcourir encore quarante miles supplémentaires en diligence – mais ça coûte beaucoup plus cher et le voyage n'est pas agréable. Venez par n'importe quel moyen, car dans ces États, c'est de loin le meilleur point de vue sur l'océan. J'*espère* que vous me ferez l'honneur de venir à ma rencontre.

LETTRE XXIV

14 juillet [1855]

Vous m'écrivez que vous espérez que je pardonnerai la fréquence de vos lettres. Je caresse l'espoir que vous pardonnerez aux miennes d'être si rares et si sèches, en attendant que je parvienne à renouer avec mes bonnes vieilles habitudes auxquelles j'ai été contraint de renoncer depuis trois mois. J'ai l'impression que je commence à aller mieux. Je pense quitter Cape mercredi prochain[134], je ne vous y verrai donc pas ; mais je serai content de vous retrouver à Concord. Pourtant je risque de ne pas même être capable de naviguer *comme simple matelot*[135] dans un voyage en bateau. Cet endroit est admirable pour son climat tempéré, ses bains de mer et son isolement. Vous devez néanmoins vous attendre à trouver de la fraîcheur et du brouillard.

P.-S. Il n'y a pas de courrier jusqu'à lundi matin.

LETTRE XXV

Concord, 26 septembre 1855

M. Blake,

L'autre jour, j'ai cru que ma santé s'améliorait – qu'à tout le moins je faisais montre d'une certaine vitalité – parce que j'avais éprouvé un léger chagrin. Mais je ne vois pas comment mes jambes peuvent retrouver leurs forces. Ces mois de faiblesse ont fait naître bien peu de pensées, si tant est qu'ils en aient fait naître aucune. Pourtant, ils ne se sont pas écoulés sans sérénité, à l'image de notre indolente Musketaquid[136]. J'espère que la récolte est pour bientôt. Je suis sûr que, depuis que je vous ai vu, vous avez un peu remonté le fleuve chaque jour, restant fermement à l'ancre la nuit, et que vous avez gardé ma place pendant mon absence.

M. Ricketson, de New Bedford, vient de me rendre une visite d'un jour et demi, et j'ai passé un assez bon moment en sa compagnie. Channing et lui se sont particulièrement bien entendus. C'est un homme aux goûts très simples, malgré sa richesse, un amoureux de la nature et, par-dessus tout, un homme extrêmement sincère et qui a son franc-parler. M'est avis qu'il vous plairait de le rencontrer.

La sincérité est une vertu noble quoique rare, et même si elle dévoile les faiblesses et les plaintes d'un individu, nous le lui pardonnons. R[icketson] dit de lui-même qu'il a parfois le sentiment de posséder toutes les infirmités du génie sans le génie, d'être un miséreux sans le moindre confort, etc. Il montre une effroyable incertitude quant à « Dieu », la « Mort », son « immortalité », répète « si seulement j'avais su », etc. Il aime *Le Devoir* de Cowper plus que tout le reste, et après lui, peut-être, Thomson, Gray, voire même Howitt[137]. Il a évidemment souffert du manque de compagnons compréhensifs. Il avoue éprouver de la sympathie pour de nombreux passages de mes livres, même s'il y en a beaucoup d'autres qui ne signifient rien pour lui… « gnan-gnan »… « baratin »… « mystique ». Pourquoi, puisque je suis doué de bon sens, ne puis-je pas toujours écrire dans un bel anglais, et apprendre aux hommes précisément comment mener une vie plus simple, etc., sans partir dans des… ? Mais j'avoue n'avoir pas de projet dans ce domaine – aucun dessein pour les hommes ; et si j'en avais un, ma méthode consisterait à les tenter avec le fruit plutôt qu'avec le fumier. Pouvez-vous me dire pourquoi je mène une vie aussi simple ? Pour pouvoir apprendre aux autres à simplifier les leurs ? – et qu'ainsi nos vies soient tout bonnement *simplifiées*, comme une formule algébrique ? Ou bien pour pouvoir utiliser le terrain que j'ai débroussaillé, afin de vivre plus dignement, avec plus de profit ? Je consacrerai toujours le plus clair de mes forces à ce qui est le plus important, à ce qui m'importe le plus, quand bien même ce ne serait (et ça l'est vraisemblablement) qu'une vibration dans l'air. Si j'étais un prêcheur, plutôt que de dire aux hommes comment se procurer du pain de froment moins cher, je comparerais le pain de vie[138] et *celui* qui est fait de son. Sitôt qu'on goûte à ces miches, on devient sur-le-champ un habile économe. On ne perd plus de temps à se les procurer. Ne passez pas votre temps à entraîner des soldats, susceptibles de devenir des mercenaires, mais donnez aux simples paysans un *pays* pour lequel se battre. L'école commence avec les trois enseignements de base[139] et où finit-elle ?

J'ai été heureux d'apprendre que Brown et Higginson étaient allés à Ktaadn[140]. Cela doit être tellement mieux d'aller là-bas plutôt qu'à une Convention pour les Droits de la Femme ou l'Abolition [de l'Esclavage][141]. Et mieux encore de se rendre sur les Monts Délectables primitifs[142] qui sont en vous, dont vous avez rêvé depuis votre jeunesse. Ceux que vous avez peut-être vus à l'horizon, mais que vous n'avez jamais escaladés.

Au fait, comment allez-*vous* ? L'air vous est-il doux ? Avez-vous trouvé quelque tâche à laquelle vous employer, réalisant quelque chose de solide jour après jour ? Avez-vous laissé loin derrière vous l'indolence et le doute ? Avez-vous fait un rêve rédempteur cet été ? La nuit dernière, j'ai rêvé que je pouvais sauter à mon gré à n'importe quelle hauteur.

C'était *quelque chose* et, le lendemain matin, je me suis regardé non sans une légère satisfaction.

Je crois que je vous écrirai. Je crois que vous serez heureux d'avoir de mes nouvelles. Nous serons l'un pour l'autre de solides fondations – moi une colonne dressée sur ce rivage, vous sur celui d'en face. Nous voyons le même soleil à son lever. Nous avons été érigés lentement et avons trouvé notre assise. Nous ne nous effondrerons pas l'un sur l'autre pour pouvoir nous rencontrer, mais nous serons les grands gardiens éternels de ce détroit. Je crois lire une inscription sur vous, gravée par l'architecte. Le stuc s'effritant, le nom de cet ambitieux roi terrestre s'efface[143]. Je le vois au crépuscule, quand la lumière est propice. Chacun doit lire pour l'autre, comme le ferait un navigateur de passage. Soyez sûr que vous pointez toujours vers les étoiles[144]. Comment est-ce de votre côté ? Je n'exigerai pas de réponse de votre part sans être certain que vous ne me considérez plus comme votre débiteur.

Je viens juste de recevoir une lettre de Ricketson, m'enjoignant de venir à New Bedford, ce que je ferai sans doute. Il m'écrit que là-bas je peux porter sans problème mes vêtements élimés.

Transmettez mon bon souvenir dans votre paisible demeure.

LETTRE XXVI

Concord, 9 décembre 1855

M. Blake,

Merci ! merci d'être venu dans les bois avec moi – et d'avoir aimé ça – d'avoir été réchauffé par mon feu de bois[145]. J'y avais déjà trouvé beaucoup de plaisir seul. Je me rends compte que je peux en éprouver davantage encore en compagnie d'un ami – que nous pourrions nous aider mutuellement à vivre. Être admis dans le foyer de la Nature ne coûte rien. Personne n'est exclu, c'est de nous-même que nous nous en excluons. Vous n'avez qu'à écarter le rideau.

Je suis heureux d'apprendre que vous étiez déjà venu ici. Il y a tant de voyages comme celui-ci, et de plus longs encore, à faire sur ce fleuve, car c'est l'eau de la vie. Le Gange n'est rien à côté. Observez ses reflets – aucune idée qui ne lui soit familière. Ce fleuve, bien qu'il semble on ne peut plus terrestre aux yeux vulgaires, coule à travers l'Élysée. Des puissances invisibles aux villageois viennent s'y baigner ! On dit qu'il est peu profond – que les charrettes de foin peuvent le traverser en été ; pourtant sa profondeur surpasse mon intelligence. Si, me détournant des séductions de ce monde, je pouvais y boire tout mon saoul ; si, rejeté loin du rivage, je pouvais y flotter dans toute mon intégrité, on ne me reverrait pas de sitôt dans Mill-dam[146]. Sa profondeur correspond à celle que j'abrite en moi. C'est le sang apaisé des dieux. Je pagaie et me baigne dans leurs veines.

Je ne veux pas d'un morceau de bois qui ne me servirait qu'à faire du feu ; j'aimerais qu'ils le ramassent à la nuit tombée, le sculptent et le dorent pour qu'il plaise à mes yeux. Quels amants fidèles ils font ! Quelles souffrances infinies pour nous attirer et nous combler ! Ils nous procureraient des fagots emballés dans d'élégants paquets, et port payé qui plus est ; une forêt aux douces senteurs, tout en fleurs, où l'on peut entendre comme l'écho des chants d'Orphée – ce serait là notre combustible, et nous préférons encore négocier avec le marchand de bois !

La cruche que nous avons trouvée s'égoutte encore à l'envers sur la rive, du côté ensoleillé de la maison[147]. Ce fleuve – qui dira où il naît et où il va précisément ? – peu me chaut qu'il vienne d'une source supérieure. Maintes choses dérivent à sa surface, qui suffiraient à enrichir un homme. Si seulement on pouvait être sur le qui-vive toute la journée, et ce chaque jour de notre vie ! Et les nuits sont aussi longues que les jours.

Ne croyez-vous pas que vous pourriez ainsi vous procurer suffisamment de bois pour cuire votre pain de blé ? N'avez-vous pas goûté entre-temps la croûte délicate d'un tout autre pain, qui pend, déjà cuit, sur tous les arbres à pain du monde ?

On parle de laisser brûler la fumée après que le bois a été consumé. Il existe pourtant une chaleur autrement plus importante, qui réchauffe davantage, et qu'on laisse perdre en général, c'est celle qui précède la combustion du bois. C'est la fumée dégagée par un effort constant, qui est l'encens véritable. Je me suis tellement réchauffé le corps et l'esprit que, quand mon bois s'est trouvé à l'abri, je ne fus pas loin de le vendre au ramasseur de cendres, comme si j'en avais déjà extrait toute la chaleur.

Vous auriez dû être là pour m'aider à monter dans mon bateau. La dernière fois que je l'ai utilisé, le 27 novembre, pour remonter à la rame jusqu'à Assabet, j'ai vu un grand rondin de pin fiché profondément dans l'eau. Je l'ai hissé à bord avec difficultés. Je l'ai ramené chez moi en me laissant porter par le courant, et j'ai alors trouvé à quoi allait me servir ma trouvaille. Je fabriquerai des roues pour faire rouler mon bateau jusque dans ses quartiers d'hiver. J'ai donc scié deux gros ronds, et les ai percés pour en faire des roues. Ensuite, avec une solive que j'avais trouvée dérivant sur le fleuve durant l'été, j'ai fabriqué un essieu et j'ai fait rouler mon bateau à terre.

Miss Mary Emerson[148] est ici, et c'est la personne la plus jeune de Concord, bien qu'elle ait dans les quatre-vingts ans. Elle est toujours à l'affût d'une pensée sincère, désireuse de connaître votre vie intérieure. C'est une société des plus stimulantes et elle fait montre, de surcroît, de beaucoup d'esprit. Elle m'explique qu'on la disait vieille quand elle était jeune et que, depuis, elle n'a plus jamais vieilli. Je voudrais que vous la voyiez.

Mes livres ne sont arrivés que le 30 novembre, car l'*Asia* avait fait escale à Liverpool pour compléter sa cargaison[149]. Je les ai rangés dans une caisse que j'avais fabriquée, avec entre autres du bois flotté, en les attendant. Je ne me suis pas encore plongé dans ces nouveaux livres. L'un d'eux est magnifiquement relié et enluminé. Ils sont en anglais, en français, en latin, en grec et en sanscrit. Je n'ai pas encore mesuré toute la portée de ce véritable don du ciel.

Adieu, et faites de beaux rêves !

LETTRE XXVII

Concord, 13 mars 1856

M. Blake,

Il y a bien longtemps que je ne vous ai écrit. Je n'ai plus entendu parler de Harrisburg[150] depuis qu'on m'avait proposé d'y aller, et je n'ai pas été invité à donner de conférences ailleurs l'hiver dernier. Comme vous voyez, je m'enrichis vite. C'est ainsi car telle est ma relation au public venu écouter mes conférences. D'ailleurs cela me surprendrait, et m'inquiéterait, si l'on faisait plus souvent appel à moi. J'avoue même être très inquiet quand j'apprends que quelqu'un souhaite me rencontrer, car je sais par expérience que nous ne ferons que constater que nous sommes totalement étrangers l'un à l'autre. Et autrement nous ne nous en serions jamais rendu compte.

Je n'ai pas encore recouvré suffisamment de forces pour une excursion comme celle que vous me proposez[151], bien que je me sente assez bien pour de courtes promenades et pour travailler en gardant la chambre. Malgré tout, je reste sans doute le plus grand marcheur de Concord – pour leur plus grande honte. C'est avec grand plaisir que je me rappelle nos promenades et nos conversations passées, et je suis sûr que nous en aurons bientôt de nombreuses autres – que nous irons encore ramasser du bois, car même au printemps nous devons aller chercher « du combustible pour entretenir nos feux[152] ».

Comme vous le suggérez, nous devrions nous estimer mutuellement pour ce que nous sommes dans l'absolu, plutôt qu'à l'aune de nos valeurs relatives. Est-ce que cela vous va comme symbole de la sympathie ?

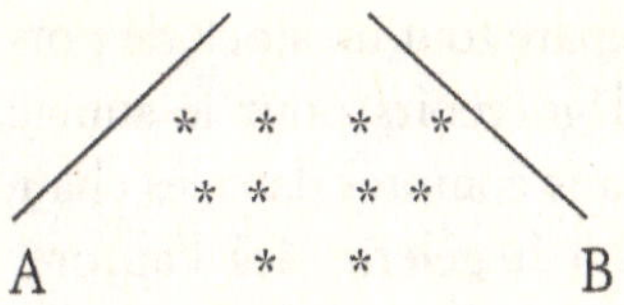

Quant aux compliments – même les étoiles chantent mes louanges et je chante les leurs, elles et moi appartenons parfois à une société d'admiration mutuelle. N'en est-il pas de même pour vous ? Je vous connais depuis longtemps. N'êtes-vous pas quelqu'un d'assez solide, d'assez sûr de lui pour que l'on puisse parler de vous, vous louer ou vous blâmer ? Devez-vous vraiment quitter la pièce quand vous êtes au centre de la conversation ? Où irez-vous pour prier ? Devons-nous consulter le « Bréviaire Épistolier[153] » pour vérifier quels sont les compliments tolérés ? Je ne crains pas les éloges, car je m'y suis habitué. Et comme je ne tiens pas compte de ma valeur, je ne me soucie pas de savoir si je mérite ou non des louanges. Quand j'entends s'élever des éloges, ne dois-je pas, pour mieux les percevoir, prendre de la hauteur et former une voûte comme le ciel le ferait, de façon tout aussi impersonnelle. Croyez-vous vraiment que j'aurais la faiblesse de les accepter ? Non – chantez des louanges à l'envi *jusqu'à en être gris.*

J'ai lu dans les journaux que la saison du sucre va commencer. L'heure est venue, que vous soyez érable à sucre, érable blanc – ou hickory. Je suis sûr que vous avez préparé tout un stock de pots pour récolter la sève, de dégorgeoirs pour le sumac, et que vous avez investi sans compter dans les chaudrons. Le premier matin où il gèlera, dès l'aurore, entaillez vos érables – la sève ne coulera pas en été, vous savez.

Peu importe la quantité de sève que vous récolterez, du moment que vous récupérez tout ce que vous pouvez et que vous le faites bouillir. Un jour, avec une citrouille, j'ai fabriqué un petit cristal de sucre, un cube d'un vingtième de pouce, et cela m'a suffi. Quand bien même la récolte ne serait pas des plus importantes – même s'il n'y a pas la moindre raison pour cela – ce ne sera pas la moins sucrée, elle sera au contraire et de loin la plus agréable de toutes.

L'érable produirait donc du sucre, et pas l'homme ? Ainsi, le fermier s'activerait pour produire beaucoup de sucre avant la fin de ce mois de mars, alors que moi je lirais mon journal ? Pendant qu'il travaille dans son bois sucrier, laissez-moi travailler dans le mien – car la douceur est en moi et deviendra du sucre, elle ne se répandra pas exclusivement dans les feuilles et le bois. Ne suis-je donc pas un homme-*érable* ?

Faites bouillir la douce sève que le printemps fait couler en vous. Ne vous arrêtez pas au sirop, mais poursuivez jusqu'au sucre, quand bien même vous n'auriez à montrer au monde qu'un seul cristal – cristal qui ne proviendrait pas de vos arbres, mais de la vie nouvelle qui s'exhale des pores de votre peau. Écumez avec entrain le contenu de votre chaudron, regardez le sucre s'y déposer et cristalliser – faites-vous-en une fête, si vous voulez. Les cieux vous seront aussi favorables qu'à lui.

Dites au fermier : Voici votre récolte, voilà la mienne. La mienne est faite de sucre qui adoucit le sucre. Si vous m'écoutez, j'adoucirai tout votre fardeau – toute votre vie.

Alors tous demanderont : Où est Blake ? – Il campe dans le bois où il exploite le sucre sur le versant de la Montagne. – Que le monde l'attende.

Et petits et grands vous béniront, car ce sucre est à l'origine de bien des confiseries, comme les « Blakéens », dans les boutiques de Worcester, à la forme nouvelle, avec leurs proverbes sur l'emballage[154].

Selon vous, les hommes ne mangeront-ils que du sucre d'érable et de canne, l'année prochaine ?

Une promenade à pied jusqu'à Asnybumskit[155], pour se laisser charmer par sa simplicité – quelle pensée tentante – et faire du feu sur la neige à l'abri d'un rocher ! La pauvreté même de la nature environnante est le signe d'une richesse intérieure chez le marcheur. Il devient familier d'une véritable Golconde[156], en dégelant ses doigts à la chaleur de cette flambée ! Mais… mais…

Avez-vous lu ce nouveau poème – « L'Ange dans la Maison[157] » ? – peut-être le trouverez-vous instructif.

H.D.T.

LETTRE XXVIII

Concord, 21 mai 56

M. Blake,

Il y a bien longtemps que je n'ai pas *rassemblé de pensées* susceptibles d'être lues à l'assemblée dont vous me parlez. J'ai assez de matière pour une rencontre, une conférence ou même pour écrire quelque chose, mais le temps me fait défaut pour mettre cela en forme. Il y a bien une chose que j'ai préparée qui pourrait servir à les distraire, voire même à les revigorer, mais je ne voudrais pas qu'on fasse circuler un chapeau pour cela. Je viens de relire certains textes pour voir s'ils pourraient convenir à votre assemblée ; malheureusement, quand je les lis pour moi, j'en pense plutôt du bien, mais dès que je les essaie sur un auditoire, j'ai l'impression qu'ils ne font pas l'affaire. De quel droit pourrais-je vous laisser mobiliser un public pour venir les entendre ? *In fine*, ce que j'ai sous la main est soit trop décousu, trop inorganisé, trop léger, soit encore trop scientifique et terre à terre (j'ai beaucoup donné dans ce genre ces derniers temps) pour une assemblée si avide.

J'apprends toujours, je n'enseigne pas, me nourrissant plus ou moins comme un omnivore, broutant tiges et feuilles – ainsi, je serai peut-être capable de parler avec plus de précision et d'autorité dans quelque temps, si ma philosophie et mes opinions n'ont pas été ensevelies sous une multitude de détails.

Je ne refuse pas, j'accepte au contraire votre invitation – en changeant seulement la date – je me considère comme invité à Worcester une bonne fois pour toutes, et mille mercis à celui qui est à l'origine de cette invitation.

Quant à l'excursion à Harvard, me laisserez-vous vous en suggérer une autre ? Si le temps s'annonce beau, venez à Concord samedi[158], avec Brown, et allons passer la journée du dimanche sur le fleuve, ou sur les collines, ou les deux. Cela nous permettra d'économiser notre argent (qui n'est pas de première importance pour nos âmes) et de perdre... je ne sais quoi. Vous me dites que vous aviez *déjà* parlé de venir ici, alors maintenant *faites*-le. Je ne vous le propose pas parce que j'estime mériter que vous passiez du temps avec moi, mais parce que j'espère que cela nous révélera que nous sommes comme le silex et l'acier l'un pour l'autre. Ce n'est au plus qu'à une heure de cheval, et une fois ici, vous pourrez d'ailleurs faire ce qu'il vous plaira.

Puis nous verrons si nous avons des excuses à donner pour notre existence. Alors venez à Concord ! – Venez à Concord ! – Venez à Concord !

Quant à notre différend sur la solitude et la société[159], toute comparaison est imprudente. Cela revient à rester dans la plaine, au pied de la montagne, au lieu de grimper sans faillir jusqu'à son sommet.

Toute personne susceptible de vous accompagner dans cette ascension sera bien sûr la bienvenue. « Irez-vous jusqu'à la gloire avec moi ? » c'est le refrain d'une chanson[160]. J'aime tellement la société que je l'ai avalée d'une seule bouchée – du moins tout ce que j'ai croisé sur mon chemin. Ce n'est pas que nous aimions être seuls, mais nous aimons nous élever et quand nous le faisons, la compagnie se réduit comme peau de chagrin jusqu'à ce qu'il n'y ait plus personne. C'est soit le *Tribune* dans la plaine, soit le Sermon sur la montagne[161], soit une *extase* très personnelle encore plus haut. Nous ne sommes pas les seuls à viser les sommets, même si la multitude n'entreprend pas l'ascension. Utilisez tous ceux qui vous encourageront. Mais je n'ai peut-être pas saisi l'esprit de votre propos.

H.D.T.

LETTRE XXIX

Eagleswood, New Jersey, 19 novembre 1856

M. Blake,

Je suis resté ici beaucoup plus longtemps que je ne le pensais[162], et j'ai repoussé le moment de vous répondre parce que je ne savais pas quand je rentrerais. J'ignore encore si ce sera dans trois ou quatre jours. Cette incertitude ne me permet pas de fixer une date pour vous revoir, et il sera trop tard pour avoir une réponse de votre part. Par conséquent, je crois que je vais rentrer directement chez moi. J'éprouve quelque hésitation à lire *encore* une fois ma conférence « Qu'y gagnerons-nous ? » à Worcester, mais si vous êtes sûr que ça en vaut la peine (c'est une grave décision), je ferai spécialement le voyage depuis Concord. J'ai lu trois de mes anciennes conférences (celle-ci incluse) aux habitants d'Eagleswood et, contre toute attente, elles ont eu beaucoup de succès – je me suis rendu compte qu'ils avaient, en silence, assimilé ce que je disais.

Veuillez m'excuser si la lettre que je vous écris aujourd'hui est avant tout technique, mais je suis payé à l'heure – ici, je suis simplement Thoreau l'arpenteur – et on ne peut guère trouver de solitude dans ces parages.

Alcott est venu trois fois et, l'avant-dernier samedi, je suis allé avec lui et Greeley[163] dans la ferme où ce dernier nous avait invités, à trente-six miles au nord de New York. Le lendemain, A[lcott] et moi avons entendu le prêche de Beecher[164] et, mieux encore, nous avons rendu visite à Whitman[165] le matin suivant (A[lcott] l'avait déjà rencontré). Il s'est montré intéressant et provocateur. C'est apparemment le plus grand démocrate que le monde ait connu. Avec lui, les rois et l'aristocratie passeraient immédiatement par la planche, ce qu'ils méritent depuis longtemps. C'est une nature remarquablement forte quoique grossière, il est néanmoins de bonne composition et très apprécié par ses amis. Bien que singulier et revêche de prime abord, et que sa peau (sur tout le corps (?)) soit rougeaude, pour l'essentiel c'est un *gentleman*. Je ne sais pas encore trop sur quel pied danser avec lui – j'ai le sentiment que, somme toute, il me reste étranger. Son apparence m'a surpris. Il est très charpenté mais, comme je vous l'ai dit, peu raffiné. Il a déclaré que je le comprenais mal. Je ne suis pas tout à fait sûr que ce soit le cas. Il nous a raconté qu'il aimait parcourir Broadway toute la journée à bord d'un omnibus, assis à côté du chauffeur, en écoutant le grondement des wagons, en gesticulant parfois, tout en déclamant Homère d'une voix de stentor. Pendant longtemps, il a été rédacteur en chef et journaliste dans plusieurs journaux, entre autres au « *New Orleans Crescent*[166] » ; mais aujourd'hui, il n'a d'autre emploi que de lire et écrire le matin, et se promener l'après-midi, comme tout le reste de la gent plumitive.

Je serai probablement à Concord la semaine prochaine ; vous pouvez donc me contacter là-bas.

H.D.T.

LETTRE XXX

Concord, 6 déc. 56

M. Blake,

Ce qui manque au-dessus, c'est juste une gravure d'Eagleswood, que j'ai utilisée ailleurs[167]. Je pense que vous avez déjà reçu un mot de ma part d'Eagleswood, il y a une quinzaine de jours. Je suis passé par Worcester le matin du 25 novembre et suis resté plusieurs heures (de 3 h 30 à 6 h 20) dans la salle des voyageurs de la gare, comme dans un rêve me semble-t-il à présent. Le premier train de Harlem ayant, contre toute attente, assuré la correspondance avec celui en provenance de Fitchburg, je n'ai pas pu passer la matinée avec vous, comme je l'avais escompté, à cause des bagages, etc. Si l'heure avait été moins indue, je vous aurais vu, sauf si vous étiez allé participer à une course de chevaux. Mais imaginez un peu : rendre visite à trois heures et demie du matin ! (Est-ce que ça n'aurait pas supposé un courage de 3 heures du matin[168], tant chez vous que chez moi ?) Comme si on ignorait le fait que l'humanité n'est pour ainsi dire pas vraiment à la maison – pas dehors non plus, mais plongée profondément en un lieu où on ne peut la voir – pendant plus ou moins la moitié du temps en cette saison. J'ai arpenté Main

Street dans le noir à 5 heures et demie du matin, et je me suis arrêté longuement en face du magasin de Brown pour l'observer, en me demandant si je pouvais laisser en toute sécurité son exemplaire du « *Putnam* »[169] dans la poignée de la porte, mais je me suis dit qu'il ne fallait pas courir ce risque. Pendant tout ce temps, un vigile (?) paraissait m'observer, alors je me suis éloigné. Je suis revenu dans les parages un peu plus tard et un gamin, que je n'arrivais pas à voir parce qu'il faisait trop noir, me proposa le *Transcript*[170] à peine sorti des presses. Puis je me suis éclipsé, en me demandant si B[rown] et vous apprendriez que je suis venu ici. Vous êtes loin d'imaginer qui peuple Worcester quand vous êtes tous endormis. Plusieurs choses se sont passées cette nuit-là, dont je me hasarderais à dire qu'elles n'ont pas été consignées dans le *Transcript*. Une chatte a attrapé une souris dans le dépôt et l'a donnée à ses chatons pour qu'ils jouent avec. Ainsi donc, cette fameuse tragédie connue de tous se poursuit de nuit comme de jour, la nature a *positivement* tort. J'ai vu aussi un jeune Irlandais s'agenouiller devant sa mère, comme pour une prière, pendant qu'elle ôtait une poussière de ses yeux avec sa langue, et je me suis rendu compte qu'il n'était jamais trop tard (ou trop tôt ?) pour apprendre quelque chose. – Tout cela se passait pendant que B[rown] et vous étiez, en fait, nulle part et utiles à rien ni personne – ni à la société – ni aux courses de chevaux – ni à récupérer un exemplaire du *Putnam's*

Magazine. C'est vrai que j'aurais pu vous rappeler à la vie, mais ç'aurait été un acte cruel, si l'on songe à la vie à laquelle vous auriez été ramenés.

Néanmoins, c'est avec grand plaisir que je vais vous écrire maintenant à la lumière du jour, pour vous raconter un peu de ma vie, telle qu'elle est, et pour vous rappeler à la vôtre, que vous ne vivez pas toujours vraiment, même à la lumière du jour.

Blake ! Blake ! Êtes-vous réveillé ? Êtes-vous conscient de cette matinée éternellement glorieuse ? Quelle opportunité, espérée depuis si longtemps et qui ne se représentera jamais plus, vous est à présent offerte d'acquérir vie et savoir ?

Pour ma part, j'essaie de me réveiller – d'arracher le sommeil de mes pores – car d'ordinaire je prends les choses avec autant d'insouciance qu'un poteau de clôture – j'absorbe l'humidité et le froid comme lui, et je me laisse agréablement chatouiller par les lichens qui lentement s'étendent sur moi. Est-ce que je ne devrais pas me réjouir d'être un poteau de cèdre, qui dure 25 ans ? Est-ce que je ne préfère pas être cela plutôt que le fermier qui l'a fiché en terre ? ou que celui qui prêche pour ce fermier ? – et aller, pour finir, au paradis des poteaux ? Je crois que cela me plairait autant qu'à quiconque. Et quelle importance à mes yeux si je me transformais en un arbre vivant, donnant des feuilles, des fleurs, et portant des fruits ?

Je suis reconnaissant pour ce que je suis et pour ce que j'ai. Mon action de grâce est perpétuelle. Je ne cesse d'être surpris en constatant à quel point on peut se satisfaire de petits riens – la simple sensation d'exister. Je suis prêt à essayer ça pour les 1 000 prochaines années, et à aller au bout de cette expérience. Comme il est doux de songer à cela ! Mes extrémités bien calcinées et ma part intellectuelle aussi, de sorte que je n'ai aucun risque d'être attaqué par les vers, ni de pourrir avant longtemps. Mon souffle m'est doux. Ô comme je ris en pensant à mes richesses infinies. Aucune ruée dans ma banque ne parviendrait à les dilapider – car ma richesse n'est pas possession mais plaisir.

À quoi servent toutes ces années ? Et voici un autre hiver, sera-t-il semblable au précédent ? Ne pouvons-nous donner satisfaction aux indigents une fois pour toutes ? Avez-vous rentré votre bois pour cet hiver ? Et qu'avez-vous rentré d'autre ? À quoi peut bien servir une grande flambée dans la cheminée et un petit feu de rien du tout dans le cœur ? Êtes-vous préparé à mener une campagne décisive – pour payer votre coûteuse instruction – pour payer les soleils des étés passés – pour le bonheur et le malheur qui vous ont été prodigués ?

Le Temps ne passe-t-il pas plus vite que le plus rapide des trotteurs ou des chevaux de course ?

Secouez Brown. Rappelez-lui ses devoirs, qui arrivent à échéance. Dites-lui de vérifier qu'il se trouve bien dans la rue principale, quelque étroite qu'elle puisse être, et de veiller à avoir une enseigne bien éclairée, visible de nuit comme de jour.

Ceux qui nous attendent ne font-ils pas montre d'une grande patience ? Mais eux non plus ne seront pas perdants.

7 décembre

Ce Walt Whitman, au sujet duquel je vous ai écrit, est la personne qui, pour l'heure, retient le plus mon attention. Je viens juste de lire sa 2de édition[171] (qu'il m'a donnée) et elle m'a été plus bénéfique que tout ce que j'ai pu lire depuis longtemps. Je me souviens bien du « Poème sur Walt Whitman, un Américain » et du « Poème du Coucher de Soleil[172] ». Mais il y a 2 ou 3 textes dans ce livre dont le moins qu'on puisse dire est qu'ils sont déplaisants, purement sensuels. Il ne célèbre pas du tout l'amour. C'est comme si des animaux parlaient. Je pense que ce n'est pas sans raison que les hommes ont eu honte d'eux-mêmes. Il y a vraisemblablement toujours eu des tanières où l'on pouvait réciter sans vergogne des vers décrivant de tels actes, et il n'y a aucun mérite à vouloir rivaliser avec leurs habitants. Mais, même sur ce point, il a parlé avec plus de vérité que n'importe quel Américain ou auteur moderne de ma connaissance. J'ai trouvé sa poésie grisante, encourageante. Quant à sa sensualité – qui peut s'avérer moins voluptueuse qu'à première vue – je ne vais pas jusqu'à souhaiter que ces passages n'aient pas été écrits, mais j'espère que les hommes et les femmes sont assez purs pour les lire sans danger pour eux-mêmes, autrement dit, sans les comprendre. Une femme m'a dit qu'aucune femme ne devrait le lire, comme si un homme pouvait lire ce qui est interdit à une femme. Bien sûr, Walt Whitman ne peut nous communiquer une expérience personnelle, alors, de quelle expérience nous souvenons-nous pour être ainsi choqués ?

Dans l'ensemble, tout cela me semble fort courageux et très américain, et après tout, peu importent les réserves que l'on peut émettre. Je ne crois pas que tous les soi-disant sermons qui ont été prononcés dans ce pays puissent, mis bout à bout, égaler son enseignement.

Nous devrions tirer de lui de grandes joies. Il lui arrive même de suggérer quelque chose de plus qu'humain. Vous ne pouvez le confondre avec les autres habitants de Brooklyn ou de New York. Comme ils doivent frémir en le lisant ! Il est terriblement doué.

Une chose est sûre, j'ai parfois l'impression qu'il se joue un peu de moi. Avec sa cordialité et ses nombreux lieux communs, il me met dans une disposition d'esprit on ne peut plus libérale, prête à contempler des merveilles – comme s'il me plaçait au sommet d'une colline ou au beau milieu d'une plaine –, puis il sait susciter mon exaltation, avant de m'envoyer sur la tête un bon millier de briques. Bien que grossier et parfois un peu terne, son livre est un grand poème primitif – qui résonne comme une alarme ou une note de clairon dans le camp américain. Il a également une incroyable ressemblance avec les Orientaux, pourtant quand je lui ai demandé s'il les avait lus, il m'a répondu : « Non, parlez-moi d'eux. »

Je n'ai pas pu avoir de conversation très poussée avec lui – deux autres personnes étant présentes – mais parmi les choses que je me suis hasardé à dire, je me rappelle avoir répondu, sur le fait qu'il symbolisait l'Amérique, que je ne pensais pas grand-chose de ce pays et de la politique, propos qui ont dû lui sembler être ceux d'un rabat-joie.

Depuis que je l'ai rencontré, j'ai l'impression de ne plus être gêné par les traces de vantardise ou d'égoïsme dans son livre. Il est bien possible qu'il soit le moins fanfaron de tous, étant le plus fondé à être sûr de lui.

C'est un grand bonhomme.

LETTRE XXXI

Concord, 31 décembre 1856

M. Blake,

Je crains fort que cela ne vaille pas la peine pour moi de venir à Worcester faire une conférence cette année. Ce serait mieux d'attendre – hélas peut-être en vain – que je sois dans un meilleur état d'esprit. Mes écrits n'ont pas pris la forme d'un exposé et, partant, je serais obligé de lire l'une de mes trois ou quatre vieilles conférences, et les meilleures ont déjà été lues à certains de vos concitoyens par le passé. J'ai emporté celle que j'ai intitulée « De la Marche, ou la Nature sauvage » à Amherst[173], New Hampshire, en ce froid jeudi soir, et je vais en lire une autre à Fitchburg, le 3 février. Je suis simplement leur ouvrier saisonnier. Ce sera sans doute tout ce que je ferai en matière de conférence dans ces parages.

Je dois remettre ma rencontre avec M. Wasson[174] à une autre fois.

Cela me coûte sans doute plus que cela ne me rapporte de lire une conférence devant un auditoire disparate. C'est même une blessure irréparable faite à ma réserve – j'en deviens comme paralysé.

Ô solitude ! obscurité ! mesquinerie ! Je ne triomphe jamais tant que quand je remporte le plus infime succès aux yeux de mon voisin. Le conférencier gagne cinquante dollars par soirée ; mais qu'adviendra-t-il cet hiver ? Mais quelle consolation seront, dans l'au-delà, les cinquante mille dollars permettant de vivre dans ce monde-ci ? Je refuse d'échanger *une* partie de ma vie contre de l'argent.

Vous pouvez vous dire que ce sont là les raisons qu'on donne pour ne pas faire de conférence, quand aucune opportunité intéressante ne se présente. C'est sans doute vrai. Je pourrais faire une conférence sur les feuilles de chêne sèches[175]. Je le pourrais, mais qui voudrait m'entendre ? Si je l'essayais devant un grand auditoire, je crains fort qu'il n'ait pas grand-chose à y gagner et, pour ma part, d'y perdre vraiment quelque chose. J'ai donc dû me résoudre à me comporter grossièrement envers mes amis aux feuilles bruissantes.

En ce moment, je fais des arpentages au lieu de conférences[176]. Laissez-moi effleurer votre « pot de crème douce[177] ».

H.D.T.

LETTRE XXXII

Concord, 6 février 57

M. Blake,

Je pourrai venir vous voir vendredi 13 février grâce à cette conférence[178]. Vous pouvez l'appeler « La Nature sauvage » – ou « De la Marche » ou les deux – peu importe. J'ai dit à Brown qu'elle n'avait pas été vraiment modifiée depuis que je l'ai lue à Worcester, mais maintenant que j'y repense, il y a pas mal de choses qui seront nouvelles pour vous parce que, l'ayant depuis divisée en deux, je peux lire ce que j'omettais auparavant. Toutefois, je voudrais qu'elle soit comprise de ceux qu'elle intéresserait, si je suis invité à lire en public (si c'est possible) ce que j'ai déjà lu, en partie, à un auditoire privé.

Henry D. Thoreau

LETTRE XXXIII

Concord, 17 avr. 1857

M. Blake,

Je suis revenu de nuit de New Bedford il y a deux jours[179]. J'y ai rencontré Alcott et appris par lui que vous vous étiez sans doute rendu à Concord. Je regrette beaucoup de vous avoir manqué. Je vous attendais plus tôt, puis j'ai pensé que je serais de retour avant votre venue. J'aurais dû vous parler de mon absence, mais quand je me suis décidé à partir, il était déjà trop tard. J'espère que vous n'avez rien perdu à faire ce petit tour.

J'ai ramassé des graines de micocoulier comme vous me l'aviez demandé quand nous en avions parlé, et les ai laissées dans la chambre sur l'une des étagères. Si vous les avez trouvées, très bien ; si vous ne les avez pas trouvées, très bien aussi ; mais dites ce qu'il en est à Hale[180], si vous le voyez.

Ma mère me dit que Brown, Rogers[181], Wasson et vous (tous titres mis à part) parliez de « me tomber dessus » un de ces jours. Ne manquez pas de venir, soit seul, soit tous ensemble, et avant une semaine ou deux si possible, sinon je *pourrais* bien être reparti. Envoyez-moi un petit mot, puis venez passer une journée sur Concord River – ou dites que vous viendrez s'il fait beau, à moins que vous ne soyez sûr d'apporter le beau temps avec vous. Venez et soyez Concordisé, comme j'ai été Worcesterisé.

Vous vous êtes peut-être rapproché de moi en ne me trouvant pas à la maison, car les correspondances entre les trains de la pensée se font d'autant mieux que celles entre les trains ferroviaires se font mal. Si je vous avais rencontré en chair et en os, vous seriez déjà reparti, alors qu'ainsi, maintenant, je n'ai pas encore pris congé de vous.

J'ai pris connaissance avec beaucoup de plaisir de ce que vous dites des relations individuelles. C'est comme si vous disiez : je ne prends en considération que ce qu'il y a de meilleur et de plus beau en vous, et non ce qu'il y a de pire. Je peux même tolérer que vous vous approchiez réellement très près de moi, et préférer cela à une poignée de main. Ce rapport charnel n'est pas soumis au temps ou à la distance.

J'ai reçu une longue et amicale lettre de Cholmondeley, que j'espère vous présenter. Il parle de m'envoyer d'autres livres !!

Si j'étais en votre compagnie en ce moment, je pourrais vous raconter davantage de choses sur Ricketson et ma visite à New Bedford, mais j'ignore ce que seront les prochains jours. J'aimerais beaucoup que vous rencontriez R[icketson], qui est l'homme le plus franc que je connaisse. Alcott et lui s'entendent très bien.

Channing[182] est revenu à Concord avec moi, mais pour très peu de temps je le crains.

Considérez la présente comme une lettre d'affaires, dont vous savez qu'elle ne *compte* pour rien dans le jeu que nous jouons.

Rappelez mon bon souvenir à Brown.

LETTRE XXXIV

Concord, 6 juin 1857, 15 heures

M. Blake,

Je viens juste de recevoir votre mot, mais je suis au regret de vous dire que, ce matin même, j'ai envoyé un billet à Channing pour lui annoncer que je l'accompagnerai la semaine prochaine dans une excursion à Cape Cod[183] dont nous parlions depuis pas mal de temps. S'il était encore possible que nous nous organisions, je vous demanderais de venir à Concord lundi, avant mon départ ; mais telles que les choses se présentent, je devrai attendre d'être revenu, d'ici une dizaine de jours. Ce délai me déplaît, mais il semble que le destin s'acharne. Peut-être que M. Wasson se sentira suffisamment bien pour venir cette fois. Je vous informerai de mon retour et compte bien vous voir tous.

LETTRE XXXV

Concord, mardi matin, 23 juin 1857

M. Blake,

Je suis revenu de Cape Cod hier soir, et je saisis la première occasion pour vous inviter, vous les hommes de Worcester, sur ce calme rivage *méditerranéen*[184]. Pouvez-vous venir vendredi de cette semaine ou bien lundi prochain ? Je vous propose ces jours-là parce que je me dis que vous ne pourrez pas être prêts plus tôt. Si cela vous est plus commode, fixez une autre date *d'ici dix jours*. Je serai ravi de vous voir, et de jouer le rôle du skipper dans le voyage que nous avions envisagé[185]. Je viens juste de recevoir une autre lettre de Cholmondeley qui serait susceptible de vous intéresser.

H.D.T.

LETTRE XXXVI

H.G.O. Blake
Worcester, Massachusetts

Concord, 18 août 1857

M. Blake,

Il me semble que vous avez besoin d'une quête qui vous absorbe. Peu importe quel en est l'objet, tant qu'il est honnête. Un emploi contribuera à votre développement dans des directions plus spécifiques et plus importantes. Vous savez qu'il faut assez d'élan pour que votre bateau manœuvre, quand bien même ce ne serait pas vers votre port – pour vous empêcher d'aller à la dérive sans possibilité d'être secouru et de vous échouer sur les rochers ou les bancs de sable. Certaines voiles ne sont hissées que dans ce seul but. Par exemple, sur toutes les côtes, on voit la grande flotte des érudits et des hommes de science tirer des bordées près de la terre ferme, évitant ainsi de se diriger tout droit sur les récifs. Ils finiront par regagner leur havre, nous pouvons en être sûrs.

Quel dommage que vous n'ayez pu être des nôtres, avec Brown et Rogers[186]. Je crois que dans ce cas, *pour une fois*, plus on est de fous plus on rit.

Vous avez compris que je n'étais plus très chaud à l'idée que nous allions ensemble dans le Maine[187] pour cette excursion que j'avais programmée. Plus j'y pense, plus elle me paraît imprudente. J'ai pensé vous écrire avant mon départ, même si ce n'était pas pour vous proposer de partir avec moi, mais j'ai fini par me mettre en route sur un coup de tête et je n'aurais pu alors écrire, si j'avais essayé, qu'une rapide lettre d'affaires.

Me voici revenu à présent, et je crois avoir fait un voyage profitable, en particulier parce que je me suis associé à un Indien vraiment intelligent[188]. Mon compagnon, Edward Hoar[189], y a aussi trouvé son compte, bien qu'il ait beaucoup souffert d'être obligé de porter des charges inhabituelles sur des « portages » humides et sommaires – un seul exemple : cinq miles dans un marécage, où l'eau montait souvent jusqu'aux genoux et où le bois mort dépassait nos têtes. Il est tombé par terre à trois reprises, incapable de porter tout son chargement en une seule fois. Ça l'a empêché de gravir le mont Katahdin. Les meilleures nuits que nous ayons passées furent celles où il a beaucoup plu, les plus difficiles celles avec des moustiques. Je vous parle de toutes ces choses, somme toute prévisibles, uniquement pour me justifier auprès de vous de ne pas vous y avoir convié.

Depuis mon retour, je me flatte de ce que le monde me semble à certains égards un peu plus grand, et non, comme à l'accoutumée, plus petit et plus creux. Et cela juste parce que j'ai étendu mon champ d'observation. J'ai fait une brève incursion là où demeure l'Indien, dans ce nouveau monde qu'il incarne. Il commence là où nous nous arrêtons. Cela vaut la peine de passer du temps à découvrir de nouvelles facultés en l'homme – cela renforce ce qu'il y a de divin en lui – et tout ce qui suscite à bon droit notre admiration nous permet de nous élever. L'Indien, qui sait si merveilleusement retrouver son chemin dans les bois, possède une intelligence qui fait défaut à l'homme blanc, et l'observer augmente autant mes propres capacités que ma foi. Je me réjouis de constater que l'intelligence coule dans d'autres sillons que ceux que je connaissais – cela rachète à mes yeux bien des choses qui, auparavant, me paraissaient bestiales.

C'est une grande satisfaction de constater que nos plus anciennes convictions ne changent pas. Pour ce qui touche à l'essentiel, je n'ai jamais eu l'occasion de changer d'avis. L'aspect du monde varie d'année en année, tout comme un paysage s'habille différemment, mais je découvre que la *vérité* est toujours *vraie*, et je ne regrette aucune des exaltations qu'elle peut m'avoir inspirées. Katahdin est toujours là, mais mes vieilles certitudes sont là plus sûrement encore, avec plus d'étendue et de poids qu'une montagne sur le monde, sources toujours vives de ruisseaux fertiles, et prêtes à m'offrir de somptueuses perspectives depuis leur sommet, si je parviens encore à y monter. Comme ces montagnes, immobiles sur la plaine, mais plus immuables et permanentes encore, les idées que j'ai entretenues – mamelles éternelles dont nous avons tiré notre nourriture – restent groupées à une distance plus ou moins grande de mon regard qui a su mûrir.

H.D.T.

LETTRE XXXVII

Concord, 16 novembre 1857

M. Blake,

Vous avez encore pris les devants. C'était moi qui vous devais une lettre ou deux, si je ne me trompe.

On fait beaucoup de bruit de nos jours en disant que les temps sont difficiles ; mais je pense que la communauté tout entière, pasteurs y compris, a une approche erronée de ce sujet. Et pourtant certains d'entre eux prétendent avoir adopté la bonne méthode, en prêchant selon les règles. Cet échec généralisé, à la fois privé et public, offre plutôt une occasion de se réjouir, en nous rappelant qui se trouve à la barre et que la justice est toujours rendue. Si la faillite ne guettait pas la plupart de nos marchands et de nos banques, ma foi dans les vieilles lois du monde serait ébranlée[190]. Ce constat, qui veut que quatre-vingt-seize pour cent de ces affaires vont vraisemblablement péricliter, est peut-être le fait le plus agréable qu'aient révélé les statistiques – aussi vivifiant que la fragrance des saules au printemps. N'est-il pas dit quelque part : « Le Seigneur règne, qu'exulte la terre[191] » ? Si des milliers de gens se retrouvent à la rue, sans emploi, cela prouve qu'ils n'étaient pas bien employés. Pourquoi ne le comprennent-ils pas à demi-mot ? Il ne suffit pas d'être industrieux ; même les fourmis le sont. Encore faut-il savoir à quelle fin on est industrieux.

Marchands et compagnies ont longtemps ri du transcendantalisme[192], des lois supérieures, etc., et criaient : « La peste soit de ces balivernes », comme s'ils étaient, eux, ancrés dans quelque chose de définitif, et surtout d'infaillible. S'il y avait une institution dont on pouvait présumer qu'elle repose sur une base solide et sûre, et qui, plus que toute autre, représentait ce bon sens, cette prudence et ce sens pratique dont on fait si grand cas, c'était bien la banque. Et voilà, à présent, que ces mêmes banques s'avèrent n'être que des roseaux agités par le vent.

C'est à peine si on peut en trouver une dans le pays qui ait tenu ses engagements. Il semblerait malheureusement qu'il suffise de vivre seulement une quarantaine d'années, à quelque époque que ce soit, pour voir le plus prometteur des gouvernements devenir comme celui du Kansas[193], et pour voir disparaître les banques. Non seulement la Brook Farm et les communautés fouriéristes[194] ont échoué, mais la société tout entière également. Pourtant le clair de lune est toujours là, serein, bénéfique et immuable. Les temps difficiles, dis-je, ont ce mérite, parmi d'autres, de nous révéler ce que valent ces engagements – où se trouvent les banques *sûres*. L'autre jour, j'ai entendu faire l'éloge d'un marchand parce qu'il avait payé certaines de ses dettes bien que cela lui ait coûté presque tout ce qu'il possédait (ma foi, j'en ai fait autant à maintes reprises, voire même un peu plus), et qu'il avait dû ensuite s'installer dans une pension de famille. Et après ? J'espère simplement qu'il a trouvé une bonne chambre, et qu'il peut la payer. Tout le monde ne peut pas en faire autant. Et pourtant, selon moi, il est plus économique de conserver sa maison – à condition de ne pas en avoir une trop grande.

Les gens vous diront parfois que « l'argent est dur ». Cela montre qu'il n'était pas fait pour être mangé ! Et je pense ce que je dis. Imaginez seulement un homme dans ce nouveau monde, dans sa cabane de rondins près de sa bergerie, au milieu d'un carré de maïs et de pommes de terre, qui se mettrait à parler de la dureté de l'argent ! Les silex sont durs eux aussi ; et pourtant ils ne contiennent pas de métal. Quel rapport avec le fait de produire sa nourriture, de couper son bois (ou de le casser), de rester à l'intérieur quand il pleut, et, si besoin est, de filer et tisser ses vêtements ? Certains de ceux qui ont sombré avec le steamer, l'autre jour[195], se sont rendu compte que l'argent était *lourd* aussi. Imaginez un homme s'enorgueillissant de ce genre de possession, comme si cela augmentait considérablement sa fortune. Comme si quelqu'un se débattant au beau milieu de l'océan avec un sac d'or sur le dos s'exclamait dans un souffle : « Je vaux cent mille dollars. » Je les vois lutter tout aussi inefficacement sur la terre ferme, quoique plus désespérément, car dans le précédent exemple, plutôt que de couler, l'homme finira par lâcher son sac ; tandis que dans le second cas, on peut être sûr qu'ils s'y agripperont et qu'ils sombreront avec. Je les vois nager avec leurs grands manteaux, collectant leurs loyers, *touchant vraiment leur dû*, buvant d'amères gorgées qui ne font qu'accroître leur soif, de plus en plus alourdis par l'eau, jusqu'à ce qu'ils finissent par couler comme du plomb. Mais assez parlé de ça.

Avez-vous déjà lu des livres de Ruskin[196] ? Si tel n'est pas le cas, je vous recommande les second et troisième volumes (*in extenso*) de ses *Peintres modernes*. Je lis en ce moment le quatrième et j'ai lu récemment la plupart de ses autres ouvrages. Ils sont particulièrement bons et stimulants, bien qu'ils ne soient pas exempts de crudité et de bigoterie. Les thèmes traités dans ces volumes sont l'Infini, la Beauté, l'Imagination, l'Amour de la Nature, etc. – tous abordés d'une manière très vivante. Ces livres me surprennent assez. Ce qui ne laisse pas de m'étonner, c'est que ces sujets puissent être illustrés principalement par la peinture, plutôt que par la littérature. Les *Sept Lampes de l'Architecture* est, lui aussi, un ouvrage rempli de choses intéressantes, mais, pour autant que je m'en souvienne, il y est trop question d'art et des Hottentots[197] à mon goût. Il nous faut une approche plus générale des sujets et des choses. Notre maison n'est encore qu'une hutte.

Votre promenade solitaire dans les montagnes a dû vous enrichir. Moi, quand je suis sur les sommets, je crois que je ressens la même crainte mâtinée de respect que la plupart des gens quand ils pénètrent dans une église. Voir à quoi ressemble la terre sur laquelle on possède, peut-être !, une maison et un jardin. C'est comme si on voyait s'écouler de très nombreuses années. Il faut gravir une montagne pour apprendre quelle relation on entretient avec la matière et, du même coup, avec son propre corps, car *il* y est chez lui, même si ce n'est pas le cas pour *vous*. Il pourrait avoir été créé là et serait plus à même de retourner à la poussière en ce lieu, plutôt que dans votre jardin. Mais votre esprit s'évade inévitablement et si votre corps est vivant, il l'emporte avec lui. Voyez comme je peux jouer avec mes doigts ! Ce sont les compagnons les plus drôles que j'aie jamais trouvés. D'où viennent-ils ? Quel étrange contrôle j'exerce sur eux ! *Qui* suis-je ? Que sont-ils ? – ces petits pics – qu'on les appelle Madison, Jefferson, Lafayette. Quel est *le sujet* ? Mes dix doigts, vous dis-je. Eh bien, sous peu, ils pourraient bien être les cristaux les plus hauts du mont Washington[198]. Je vais sur les montagnes pour retrouver tous ceux qui ont un lien de parenté avec mon corps. Il y a là des doigts, des orteils, des entrailles, etc., qui m'intéressent et, par conséquent je m'intéresse aux rapports qu'ils entretiennent les uns avec les autres.

Laissez-moi vous proposer un sujet de réflexion : vous devriez essayer de comprendre précisément et pleinement ce qu'a été pour vous cette excursion dans les montagnes. Renouvelez cet effort autant que nécessaire, jusqu'à ce que vous soyez sûr d'avoir découvert tout ce qui était important dans votre expérience. Les hommes gravissent toujours la montagne, alors donnez-vous ainsi une bonne raison d'y être allé. N'imaginez pas réussir à raconter cette expérience dans ses moindres détails la première douzaine de fois où vous essaierez. Mais recommencez encore, en particulier quand, après une pause suffisante, vous penserez toucher au cœur, au sommet de votre sujet. Retournez-y pour vérifier à nouveau vos informations et expliquez-vous à vous-même ce qu'est la montagne. Ce n'est pas que l'histoire ait besoin d'être longue, mais il vous faudra du temps pour l'abréger. Vous pensiez qu'il ne fallait pas longtemps pour aller sur la montagne, mais y êtes-vous vraiment allé ? Et si vous avez réellement grimpé au sommet du mont Washington, laissez-moi vous demander : qu'y avez-vous trouvé ? C'est comme cela qu'on vérifie les témoignages, vous savez. Aller là-haut, être soumis aux vents n'est rien. Quand nous y sommes, nous ne faisons plus guère d'escalade, mais nous prenons nos repas, etc., comme si nous étions à la maison. Ce n'est qu'une fois rentrés chez nous que nous grimpons vraiment sur la montagne. Et qu'a dit la montagne ? Qu'a-t-elle fait ?

Je connais une montagne ancrée un peu plus à l'est. Je la gravis dans mes rêves, que je dorme ou non. Sa large base s'étend sur un ou deux villages, qui l'ignorent ; elle aussi les ignore, tout comme elle me dédaigne quand j'y grimpe. Je peux voir sa silhouette dans mon esprit, aussi nettement que celle de Wachusett. Je n'invente pas le moins du monde, je décris exactement ce que je vois. Je me rends compte que je la gravis uniquement quand je suis leste et opiniâtre. Elle fume toujours comme un autel où brûle un sacrifice. Je ne crois pas qu'un seul villageois s'y promène, ou même la connaisse. Je préfère monter sur cette montagne que sur un cheval !

Ne faites-vous pas erreur quand vous affirmez voir Moosehead Lake depuis le mont Washington ? Il doit être à cent vingt miles de là, soit environ deux fois plus loin que l'océan Atlantique, ce qui laisse quelque doute quant au fait qu'on parvienne à l'apercevoir de cet endroit. N'était-ce pas plutôt Umbagog[199] ?

Il y a plusieurs mois, le Dr Solger a donné une conférence sur la Géographie aux élèves de Sanborn[200], à cinq heures de l'après-midi dans la salle patronale de notre municipalité. Emerson et Alcott sont allés l'écouter. J'ai été surpris que le premier me demande, l'autre jour, si je n'y allais pas également. Rester assis dans la sacristie d'un temple à cette heure du jour, quand on pourrait être dehors ! Cela ne m'a jamais traversé l'esprit. Pourquoi le soleil brille-t-il ? Si le Dr Solger ne goûte pas la lumière du jour, moi si. Laissons-le faire une conférence aux chouettes et aux loirs. Celui qui est capable de me garder enfermé à pareille heure, alors que la nuit vient où nul ne peut marcher, doit être un conférencier admirable.

Manquez-vous de distraction ces jours-ci ? Jouez donc un peu à ce jeu qui consiste à gagner sa vie. Il n'y a jamais rien eu de comparable à cela. Mais faites-le avec modération, sans transpirer d'abondance. Ne laissez pas ce secret s'éventer, car j'ai un projet contre l'Opéra[201]. L'OPÉRA !! Supprime donc les exclamations, jeune diable[202].

Parlons à présent de votre tas de bois (il est noté sous la mention Tâche du Mois). Assurez-vous d'y faire entrer de la vraie chaleur par la façon dont vous vous le procurerez. N'acceptez pas d'être réchauffé passivement, car une trop forte chaleur de ce genre peut être dangereuse. Alors que la vraie chaleur, celle venant de l'intérieur, peut résister à une terrible fournaise, tout comme la chaleur vitale d'un homme bien portant peut résister à celle qui cuit la nourriture.

LETTRE XXXVIII

Concord, mardi 16 heures, 1er juin 1858

M. Blake,

On dirait qu'il va pleuvoir demain. Cette lettre est pour vous en informer, au cas où vous n'auriez pas déjà quitté Worcester à cause de la pluie. D'ailleurs, si le climat m'empêche de partir demain, j'ai l'intention de me mettre en route jeudi matin – à condition qu'il ne pleuve pas à verse. S'il ne tombe qu'une simple ondée, je suis sûr de vous retrouver à Troy comme convenu[203].

H.D.T.

LETTRE XXXIX

Concord, 29 juin 1858, 8 heures

M. Blake,

Edward Hoar et moi proposons de partir pour les White Mountains avec un chariot bâché et un cheval le matin du jeudi 1er juillet, pour explorer la flore des cimes et y camper plusieurs jours au moins. Prendrez-vous place dans le chariot avec nous ? M. Hoar préfère louer le cheval et le chariot lui-même. Dès que vous le pourrez, faites-nous savoir par voie express si vous nous rejoignez ici par le premier train jeudi matin, ou mercredi soir. Apportez votre carte des montagnes, et autant de *provisions* pour la route que possible – pain, sucre, thé, viande, etc. – car nous avons l'intention de vivre comme des bohémiens. Et aussi une couverture et des vêtements épais pour le sommet.

LETTRE XL

Concord, 1er juillet 1858

1er juillet. Lundi soir dernier, quand M. Edward Hoar a dit qu'il pensait aller dans les White Mountains, j'ai répondu, l'air de rien, que j'aimerais me sentir suffisamment bien pour pouvoir être de la partie. Sur quoi il a déclaré que si je venais avec lui, il louerait un cheval et un chariot, afin que la course ne me coûte rien, et que nous explorerions les sommets montagneux *botaniquement*, en y campant plusieurs nuits. Le matin suivant, j'ai suggéré que Brown et vous nous accompagniez dans un autre chariot, et que nous pourrions tous camper et cuisiner comme des bohémiens, chemin faisant. Ou encore, que si un seul cheval pouvait tous nous transporter, vous accepteriez de payer la moitié des frais inhérents au chariot et à l'attelage, pour prendre place parmi nous. Ces deux propositions lui ont plu, mais il a ajouté que même si vous nous accompagniez, il préférait louer le cheval et le chariot lui-même et que vous pourriez prendre en charge d'autres dépenses si bon vous semblait. Présumant que Brown avait un empêchement, je vous ai déjà écrit tout ceci par *voie express*, jeudi matin, *via* Boston, en précisant que nous nous mettrions en route aujourd'hui même, et en vous suggérant d'apporter provisions, vêtements épais, etc. Je vous demandais une réponse, mais je n'ai rien reçu. J'ai juste appris que vous étiez *peut-être* à Sterling[204], et je vous écris maintenant pour vous dire que nous serions très heureux que vous vous joigniez à nous à Senter Harbor, où nous espérons être lundi matin prochain[205]. Quelle que soit votre réponse, nous enverrez-vous un mot là-bas *sans délai* ?

LETTRE XLI

Concord, 1er janvier 1859

M. Blake,

Cela vous intéressera peut-être d'apprendre que Cholmondeley est encore une fois parti, *via* Montréal et le lac Huron, espérant pousser jusqu'aux Antilles, ou plutôt jusqu'à Weiss-nicht-wo[206], et qu'il m'exhorte à l'accompagner. Il semble plus démonstratif qu'avant, et être plutôt ce qu'on appelle « un bon gars » – c'est un homme de principes, et plutôt fiable, mais très particulier. Je l'ai accompagné à New Bedford pour lui montrer une ville baleinière et lui présenter Ricketson. J'ai été heureux d'apprendre que vous aviez rendu visite à R[icketson]. Comment le trouvez-vous ? M'est avis que vous n'avez pas pu avoir un jugement impartial l'un sur l'autre.

Je suis revenu, il y a peu, à cette glorieuse société appelée Solitude, où nous rencontrons sans cesse nos amis, où nous pouvons imaginer que le monde extérieur est peuplé, lui aussi. Pourtant, certaines de mes relations me mettraient volontiers à l'asile, pour *le bien de la société*. Comme si j'y avais ma place alors que j'ai l'impression d'être un homme des plus chaleureux et que je trouve toujours à m'employer. Mais ils ne croient pas un mot de ce que je dis. Ils ont un club, dont le manche[207] est à la Parker House à Boston[208], et ils me battent avec de temps à autre. Ils espèrent faire de moi de la viande hachée, tendre, tout à fait adaptée pour un dîner de leur Club.

Hercule avec sa massue
Le Dragon rossa de coups ;
Mais More de More Hall,
A occis à mains nues,
Le Dragon de Wantley[209].

Ah ! ce More de More Hall savait que c'était de bonne guerre. Channing, qui m'écrivit une fois à ce propos en brandissant vigoureusement la massue (vraisemblablement incité par quelqu'un autre), déclare *désormais*, le plus sérieusement du monde, qu'il est désolé de constater dans mes lettres que je suis « absorbé par la politique ». Il ajoute, en me priant d'excuser sa simplicité : « Gardez-vous de toute vie extérieure ! », il pense avoir ainsi satisfait à ses obligations, et s'en lave les mains. Je lui ai rétorqué que c'était comme s'il parlait à un paresseux, cette créature qui rampe si lentement le long des branches, et crie de temps à autre *aïï*, « Évite de danser ! »

Les médecins sont tous d'accord pour dire que je souffre « d'un manque de société ». Jamais vu un cas comme celui-là ! D'abord, j'ignorais que je souffrais. Ensuite, comme dirait un Irlandais, je croyais qu'il s'agissait plutôt d'une « indigestion de société ». Il faut absolument que je prenne une dose de Lowell, Agassiz et Woodman[210].

Quant à Parker House, je n'y suis allé qu'une seule fois, alors que le Club n'y était pas réuni, mais j'ai trouvé difficile de voir quoi que ce soit à travers la fumée des cigares dont les propriétaires étaient avachis dans leurs fauteuils, sur un sol de marbre, aussi gras que des jambons dans un fumoir. Tout n'était que fumée, sans la moindre trace de sel, attique[211] ou autre. La seule salle de Boston que je visite avec plaisir est la Gentlemen's Room du Fitchburg Depot, où j'attends mon train, parfois pendant deux heures, pour quitter la ville. C'est un paradis comparé à Parker House, car il y est interdit de fumer, et c'est beaucoup plus calme. Un grand et respectable club de chez nous (le Town and Country Club[212]) la réserve souvent et je suis quasi certain d'y trouver quelqu'un dont le regard est tourné dans la même direction que le mien.

Mon dernier essai, sur lequel je travaille encore, s'intitule *Couleurs d'automne*[213]. Je ne sais pas s'il sera très lisible (c'est-à-dire si je pourrais le lire à d'autres).

J'ai rencontré M. James[214], l'autre nuit chez Emerson, au cours d'une conversation alcottienne à laquelle, toutefois, Alcott ne prit pas beaucoup part, perturbé qu'il était par l'opposition de James. Ce dernier est un homme assez cordial, avec lequel vous pouvez ne pas être d'accord, mais en tirer malgré tout de grandes satisfactions en raison de ses doctrines et de sa bonne humeur. Il édicte des dogmes *quasi* philanthropiques, enrobés de métaphysique, qui malheureusement s'avèrent des plus sommaires dès qu'il s'agit de les mettre en pratique. Il charge la société de tous les crimes, et fait l'éloge du criminel pour les avoir perpétrés. Mais je crois que toutes les solutions qu'il invente – car il ne va pas plus loin, tout chaleureux qu'il soit – nous laisseraient sur notre faim, tout comme nous le sommes déjà. Car, bien entendu, ce n'est pas en offrant des dindes à Thanksgiving qu'il propose de convertir les criminels, mais en témoignant une authentique sympathie à chacun d'eux – à celui qui, entre autres, harangue la foule depuis la potence pour déclarer que pas un seul mortel ne l'a traité avec gentillesse depuis sa naissance. Mais il n'est pas facile d'éprouver de la compassion pour autrui, quand bien même vous auriez les meil-

l'idée qu'ils se font de la maison de campagne idéale. Aucun risque d'être épuisé avant d'y arriver.

Ainsi vivons-nous à Worcester et à Concord, chaque homme faisant régulièrement de l'exercice dans son ravin, tel un lion dans sa cage, et s'y tordant parfois la cheville. Au bout du compte, nous connaissons très peu de belles journées, mais nombre de petits fléaux nous occupent sans relâche. Parfois, lorsqu'on entend le salut d'un voisin (Brown, par exemple), on imagine que ce doit être un ours. Mais dans l'ensemble, nous pensons que notre vie, dans ce ravin, est noble et exaltante. Il y a un avantage supplémentaire à vivre si haut, c'est l'excellent système d'écoulement des eaux de cette Cité de Dieu. La routine n'est rien de plus qu'une sorte de banal ravin superficiel, d'ornière ou de rigole. Mais ces mêmes ravins sont la source de torrents puissants, glacés et sauvages, et servent de tanières aux ours et aux lynx. Y sont nés non seulement le Saco[219] et l'Amazone, mais aussi les prophètes qui rachèteront le monde. Enfin, l'eau calme et fertile qui désaltère les nations, ravitaille les navires, provient à l'origine de la fonte des glaciers et des violentes pluies d'orage. Prions pour que, à défaut de couler dans la vallée du Mississippi pour la fertiliser – ce que nous ne faisons manifestement pas, enfermés comme nous le sommes entre des parois rocheuses menaçantes et puissantes, au milieu des nuages – nous dévalions une pente d'un millier de pieds par mile, entre sapins et épicéas, sur les à-pics rocheux, pour affûter notre esprit et le fortifier.

LETTRE XLII

Concord, 19 janvier 1859

M. Blake,

Si j'avais pu vous donner de bonnes nouvelles pour le patinage, je vous aurais répondu plus tôt. La semaine précédant votre lettre, il y avait encore beaucoup de glace ; il n'y en a plus à présent. En ce qui concerne la conférence, je serai heureux de venir. Pour l'heure, je ne puis préciser quand, mais je vous le ferai savoir. Je pense que ce sera dans une semaine ou dix jours au plus, et je vous laisserai ensuite une semaine pour tout régler. Je prendrai quelque chose d'autre que *De quelle utilité est-ce pour l'Homme ?* Mon père est très malade, et depuis longtemps, de sorte qu'on a davantage besoin de moi à la maison. Cela m'arrive maintenant alors que je me faisais une joie de cette brève excursion jusqu'à Worcester.

J'ai vraiment très envie de vous voir et d'entendre le compte rendu de vos aventures dans le Ravin, j'espère que ce sera possible quand je viendrai à Worcester. Cholmondeley a encore séjourné ici, en revenant de Virginie (car il n'est jamais allé plus au sud) et avant d'aller au Canada. De là, il pense partir pour l'Europe au printemps. Il ne fera plus jamais de randonnées.

(29 janvier.) Je m'attends chaque jour à ce que mon père meure[220], et, bien sûr, je ne puis quitter la maison pour le moment. Je vous écrirai à nouveau d'ici dix jours.

LETTRE XLIII

Concord, 7 févr. 1859

M. Blake,

Je viendrai et je vous lirai un extrait de *Couleurs d'automne* le mardi 15 de ce mois[221], si ça vous convient – je partirai sans doute d'ici aux alentours de midi. Peut-être vaudrait-il mieux que vous accusiez réception de ceci.

H.D.T.

LETTRE XLIV

Concord, 26 sept. 1859

M. Blake,

Je ne suis pas certain d'être dans un état d'esprit convenable pour vous écrire, car j'ai l'impression d'être et de raisonner avant tout comme un *business man*, contraint que j'ai été de gérer, depuis des mois, voire des années, de fastidieuses affaires de famille. C'est ma façon de servir le roi Admète[222] – que le diable l'emporte ! Si ce n'était pour mes proches, je laisserais volontiers les loups prélever leur pitance dans leurs troupeaux à l'envi. Dire qu'il faut composer avec des gens pareils ! Les bergers de ce roi, ou de tout autre, ne racontent pas d'histoires, mais se contentent de compter leur bétail puis de se coucher ivres sous une haie. Comment votre blé est-il moulu ? – Pas par un ruisseau mélodieux, qui fait tourner la roue pendant que vous restez allongé à rêver sur la berge. Mais c'est vous qui devez l'actionner de vos propres mains semble-t-il. Vous ne pouvez compter sur les ruisseaux, ces pauvres petites choses ! Vous ne pouvez compter sur l'univers, il est livré à lui-même, mais vous devez au contraire le huiler et l'aiguillonner. En bref, vous devez entretenir 2 fermes à la fois, celle sur Terre et celle qui se trouve dans votre esprit. Toutes les batailles de Crimée et d'Italie n'étaient qu'un jeu d'enfant – ce genre d'ennuis que s'attirent les truands. Mais quelle vraie bataille un homme doit livrer, sur tous les fronts, pour entretenir son armée de pensées, et marcher avec elles en bon ordre en des pays toujours hostiles ! Que d'ennemis rencontre une pensée digne de ce nom ! Pas un soldat qui ne leur ait succombé, avant de s'enrôler pour ces autres batailles. Les hommes peuvent s'asseoir dans leurs maisons, apparemment sains et saufs, et pourtant ils se désespèrent, et au bout du compte ne deviennent que vide et poussière à l'intérieur, comme une pomme des bords de la mer Morte[223]. Une armée de pensées nombreuses, courageuses et disciplinées, et vous à sa tête, marchant tout droit jusqu'à votre objectif ! Comment la mettre en branle, tel est le problème, et les Tactiques de Scott[224] ne vous seront d'aucun secours. Imaginez un pauvre gars, ayant juste son ceinturon, son épée, et aucun bataillon de pensées athlétiques pour le soutenir ! Son cerveau résonne déjà quand il marche, alors quand il *parle* ! Voilà votre garde prétorienne[225].

Il est bien plus difficile de subvenir aux besoins des enfants de votre esprit (ou disons plutôt de ces hôtes qui tentent d'apprécier votre hospitalité), que de faire vivre une famille, ou un état, car ils ont de grandes exigences. Celui qui se contente de cette vie physique, perd le pouvoir d'avoir des pensées novatrices, ou du moins de penser dans la mesure de ses possibilités, et échoue misérablement. Entretenez les feux de la pensée, et tout ira bien.

Des Zouaves[226] ? – Fi ! Vous pourrez bien plus facilement envahir un pays, escalader des remparts et prendre d'assaut une forteresse avec une armée de pensées alertes ! – des pensées qui remplacent les balles – avec lesquelles vous pouvez *prendre* le monde entier, sans avoir à le payer ni à dévaliser qui que ce soit. Regardez, le héros conquérant arrive ! Soit vous *échouez*, soit vous l'*emportez* par vos pensées, il n'y a pas d'autre alternative. Pour peu que vous *pensiez* bien, les cieux qui vous tombent sur la tête ou bien la terre qui s'ouvre sous vos pieds seront pour vous comme une musique au son de laquelle avancer. Aucun ennemi ne peut vous voir, et réciproquement ; vous ne pouvez même pas *penser* à lui. Les épées sont dépourvues de tranchant et les balles sont inefficaces pour pareil combat. Il doit y avoir dans votre esprit une liqueur qui dissoudra le monde chaque fois qu'il y tombera. Il n'existe pas d'autre solvant universel que celui-ci, et rien ne saurait le saturer. Il gardera l'univers, comme dans de l'alcool, sans pour autant être moins translucide que d'ordinaire. La grande machinerie peut bien nous rouler sur les pieds, nous ne le savons pas encore mais elle rebondira et volera en éclats comme un tonneau vide pour peu qu'elle frappe de plein fouet la moindre pensée humaine, aussi infime et convenue soit-elle.

Vous ne me semblez pas avoir pris la bonne route à Cape Cod[227]. Je crois que vous auriez dû continuer à marcher sur le rivage, le long de la plage, jusqu'au bout du monde même s'il vous semble indistinct, et alors, après avoir frappé longuement à la porte de l'Océan, vous aurez le droit d'entrer. C'est encore mieux si vous avancez lentement, sous un orage, sans savoir où vous passerez la nuit ni où vous mangerez le lendemain. J'espère que le souvenir que vous en garderez sera encore plus agréable que le voyage lui-même.

Je suis resté confiné chez moi toute l'année, mais j'ai l'impression d'être moins rouillé que je ne le craignais. J'ai passé quelque temps à explorer la rivière[228] avec beaucoup de soin. Je me suis engagé à faire une conférence aux fidèles de la Congrégation de Parker le 9 octobre prochain[229].

Emerson a été sérieusement handicapé ces 2 ou 3 derniers mois – il s'est tordu la cheville[230] – et ne va toujours pas mieux. Ça a été un mauvais coup pour lui.

Je suis parti à la cueillette aux épines-vinettes.

LETTRE XLV

Concord, 31 octobre 1859

M. Blake,

Hier soir, j'ai parlé à mes concitoyens de « La personnalité du Cap[itaine] Brown[231], désormais entre les griffes des esclavagistes ». J'aimerais pouvoir m'adresser à toute assemblée de Worcester souhaitant m'écouter, et je viendrais facilement, pour peu que mes dépenses soient prises en charge.

Je considère que nous devons nous exprimer maintenant, tant que Brown est vivant. Le plus tôt sera le mieux. Higginson voudra peut-être que nous nous rencontrions.

Mercredi soir pourrait faire l'affaire.

Les gens d'ici sont très intéressés par ce sujet.

Donnez-moi une réponse aussi vite que possible.

Henry D. Thoreau

P.-S. Je peux réserver la fin de la semaine.

LETTRE XLVI

Concord, 20 mai 1860

M. Blake,

Je dois m'efforcer d'honorer certaines de mes dettes envers vous.

Reprenons là où nous nous sommes quittés.

Nous partons de l'hypothèse que *nous* restons toujours les mêmes, et que ce sont la Nature et les opportunités qui varient[232]. Voyez le genre humain.

Pas de différence majeure entre deux hommes apparemment – la même taille, la même corpulence et le même poids – et pourtant, pour l'homme assis à la pointe Est[233], cette vie est lassitude, routine, poussière et il noie ses soucis imaginaires (!) (une sorte de friction entre ses organes vitaux) dans un verre ; alors que pour l'homme assis à la pointe Ouest, son *contemporain* (!), elle est le terrain de toutes les nobles entreprises, un Élysée, la demeure des héros et des chevaliers. Le premier se plaint d'avoir un millier de choses à faire, sans réaliser que, même si c'était réellement le cas, son travail et lui ne font qu'un.

Les hommes, jeunes ou vieux, apprennent toutes sortes de métiers sauf celui qui leur permettrait de devenir des *hommes.* Ils apprennent à construire des maisons, mais ils ne sont pas mieux hébergés pour autant, ni plus heureux chez eux que les marmottes dans leurs terriers. À quoi sert une maison si l'on n'a pas une planète acceptable pour l'y installer ? Vous ne pouvez pas supporter la planète sur laquelle elle a été bâtie ? Nivelez donc le sol au préalable. Si un homme croit, et qu'il nourrit de grandes espérances, peu importe où on l'installe et ce qu'on lui montre, il sera entouré par la grandeur (bien entendu, il n'est pas question de l'installer n'importe où ni de lui montrer n'importe quoi). Il est pareil à un homme affamé en parfaite santé qui se dit : Ce croûton de pain est excellent !

Mais s'il désespère de lui, alors Tophet[234] est sa demeure, et il est pareil à l'homme malade auquel les fruits juteux n'inspirent que dégoût.

Qu'il dorme ou qu'il veille, qu'il coure ou qu'il marche, qu'il utilise un microscope, un télescope ou l'œil nu, l'homme ne découvre jamais rien, ne dépasse jamais rien, ne laisse jamais rien derrière lui, que lui-même. Quoi qu'il dise ou fasse, il ne rend compte que de lui-même. S'il est amoureux, il connaît l'*amour*, s'il est aux cieux, la *félicité*, s'il est en enfer, la *souffrance*. C'est son état qui détermine le lieu où il se trouve.

La principale, la seule chose qu'un homme puisse réellement façonner, c'est sa condition, ou son destin. Mais, la plupart du temps, il n'en a pas conscience, il ne porte pas une pancarte signalant : « Ici s'accomplit et se façonne ma destinée » (et non la *vôtre*). Il est pourtant passé maître dans ce domaine. Il s'y consacre 24 heures par jour et mène son projet à bien. Même s'il néglige ou sabote le reste, on n'a jamais vu personne négliger cet ouvrage-là. Malgré tout, bon nombre prétendent ne fabriquer que des *souliers*, et rejetteraient l'idée même d'avoir une part de responsabilité dans les temps difficiles qu'ils connaissent.

Chaque effort, chaque aspiration est un instinct auquel s'unit la nature tout entière, et pour cela, il ne saurait être vain. Mais hélas, chaque relâchement dans l'effort, chaque phase de désespoir relèvent aussi de l'instinct. Il faut faire montre d'un rare courage pour être actif, bien et heureux. Celui qui est prêt à se battre en duel ou à livrer bataille a cédé au désespoir, ou fait peu de cas de sa propre vie.

Si vous pensez que l'existence est uniquement comme celle décrite par les vieux bigots (j'entends par là les revêches, ceux qui sont montés en graine en période de sécheresse, simples gales humaines inoculées jadis par le Diable), alors tout ce qu'il y a en vous de joie, de sérénité se bornera à faire contre mauvaise fortune bon cœur. En fait, vous devez prendre le monde sur vos épaules, comme Atlas, et progresser avec lui. Vous y parviendrez pour l'amour d'une idée et vous réussirez en proportion de votre dévotion à celle-ci. Il se peut que votre dos vous fasse souffrir de temps à autre, mais vous aurez la satisfaction de pouvoir faire tournoyer ou arrêter le monde à votre guise. Seuls les lâches souffrent, les héros, eux, prennent du plaisir. Après une longue journée de marche avec ce fardeau, déposez-le dans un creux, asseyez-vous et mangez votre repas. Et soudain, vous serez dédommagé de votre effort par des pensées immortelles. La prairie où vous êtes assis se couvrira de parfums et de fleurs, et votre monde deviendra une gazelle légère, au luisant pelage.

Où se trouve la « Terre inconnue », sinon dans les entreprises dans lesquelles nous n'avons pas osé nous lancer ? Pour un esprit aventureux, n'importe quel lieu – Londres, New York, Worcester ou sa propre cour – est une « Terre inconnue », comme celles que Fremont et Kane sont allés chercher si loin[235]. Mais pour un esprit indolent et abattu, même le Grand Bassin et l'étoile Polaire sont des endroits banals. Pour peu qu'ils y aillent (et ils y sont à présent), ils voudront dormir et tout abandonner, comme ils le font toujours. Il existe les régions du Connu et celles de l'Inconnu. À quoi sert d'avancer sur l'ancienne route ? Il y a un serpent sur ce sentier[236] que vos pieds ont foulé. Vous devez tracer des chemins dans l'Inconnu. C'est à cela que servent votre logis et vos vêtements. Pourquoi perdez-vous votre temps à les raccommoder, alors qu'en les portant tels quels, vous pourriez façonner votre chemin ?

Chantons en chœur[237].

H.D.T.

LETTRE XLVII

Concord, 3 août 1860

M. Blake,

Il y a quelque temps, j'ai demandé à Channing s'il ne voulait pas passer une semaine avec moi sur le Monadnoc[238] ; il ne m'a pas donné de réponse définitive. Mais lorsqu'il a ensuite proposé de faire une excursion quelque part, je lui ai dit que je devais *désormais* attendre que ma sœur[239] soit revenue de Plymouth, New Hampshire. Elle est rentrée et par conséquent, quand j'ai reçu votre mot ce matin, j'en ai parlé à Channing afin de voir ce qu'il en était de ces projets. Finalement, il a décidé de partir à Monadnoc demain matin. Je dois donc reporter la perspective d'une excursion avec Brown et vous. Peut-être viendrez-vous nous saluer si vous vous rendez dans la montagne. J'envoie la présente par le premier courrier.

P.-S. – Votre dernière visite ici fut beaucoup trop brève à mon goût[240]. Ma mère va mieux, même si elle est encore loin d'aller bien. Et si, d'aventure, vous passez par ici après votre périple, je suis certain que nous rattraperons tout cela.

LETTRE XLVIII

Concord, 4 nov. 1860

M. Blake,

Je suis heureux d'apprendre ces détails à propos de votre excursion. Quant à moi, je vous ai plus ou moins cherchés ce lundi. Au moment où vous étiez sans doute sur le Monadnock[241], j'ai dirigé ma longue-vue sur plusieurs groupes qui faisaient l'ascension de la montagne à un demi-mile de nous. En bref, je n'ai pas été loin de vous apercevoir et réciproquement. Je suis certain que nous aurions passé un bon moment si vous étiez venu, car j'avais deux belles cabanes en épicéa toutes prêtes[242], avec tout ce qu'il faut et dans lesquelles on peut se tenir debout, à un demi-mile l'une de l'autre. B[rown] et vous auriez pu loger dans l'une d'elles, voire même en partager une avec nous.

Notre séjour en montagne a très bien commencé. Il faut se rappeler que le samedi précédent avait été une journée orageuse. Eh bien, nous sommes montés sous la pluie – complètement trempés – et nous nous sommes retrouvés au milieu des nuages au cœur de l'après-midi, incapables de trouver le meilleur endroit pour établir notre campement. Je me suis donc aussitôt remis en route, dans les nuages, jusqu'à ce rocher mémorable, ce « chunk yard[243] » sur lequel j'avais déjà sommairement campé un jour, et là, après avoir déposé nos paquetages sous une roche, muni d'une bonne hachette, je me suis mis à construire une cabane assez importante, dont C[hanning] a dit qu'elle était la plus belle qu'il ait jamais vue. (Il n'avait encore jamais campé, ce qui explique vraisemblablement ce jugement favorable.) Tout cela fut fait dans l'obscurité et nous étions alors presque aussi mouillés que si nous avions plongé dans une barrique d'eau. Nous avons ensuite allumé un feu devant la porte, à l'endroit même de notre petit campement d'il y a deux ans. Il a brûlé longtemps avant de retourner à la terre. Nous avons lentement marché autour de cette flambée, comme tourne une viande en train de rôtir, et au bout de quelques heures nous fûmes aussi secs sinon plus qu'avant, puis nous « entrâmes » enfin.

C'était finalement bien mieux que de monter lorsqu'il fait beau, quand on ne peut apprendre à apprécier le beau ou le mauvais temps, ni connaître d'autre péripétie qu'un sommeil monotone et ordinaire, sous un toit inutile et devant un feu tout aussi inutile – pareil à celui que nous connaissons chaque nuit. Bien sûr, nous avons remercié notre bonne étoile, quand nous les vîmes revenir, aux alentours de minuit, elles qui semblaient avoir disparu toute une saison. Nous eûmes la montagne entière pour nous seuls cet après-midi et cette nuit-là, car personne n'en avait entrepris l'ascension pour graver son nom au sommet ou pour cueillir des myrtilles. Le Génie des montagnes nous a vus partir de Concord, et il a déclaré : « Voici deux des nôtres qui arrivent. Préparons-nous à les accueillir. Déclenchons un gros orage, qui nous débarrassera des promeneurs du dimanche. (Ils auront leur mot à dire une autre fois.) Recevons-les avec la vraie hospitalité montagnarde – tuons le nuage gras[244]. Faisons-leur connaître les bienfaits d'un toit en épicéa et d'un feu de bois. » À notre approche, des larmes de joie ruisselaient de chaque buisson. Le feu fit de son mieux, et nous l'en remerciâmes. – Qu'aurait bien pu faire le feu par beau temps ? – Le toit d'épicéa reçut aussi une part de nos bénédictions. Et puis, le lendemain matin quel spectacle, jamais revu par la suite : les rochers mouillés couverts de lichens gorgés d'eau !

La montagne et nous avons connu une belle saison, comme dit le dicton. Nous étions très heureux d'être trempés car ainsi nous pouvions sécher ! – tout comme nous étions heureux de l'orage qui a permis que notre simple cabane nous apparaisse comme un nouveau foyer ! Cette expérience fut des plus bénéfiques parce que nous n'avons pas essuyé ces trombes d'eau pendant *tout* notre séjour. Notre hôte nous avait peut-être réservé cette attention pour nous inviter à revenir.

Notre cabane suivante fut encore plus imposante. Construite sur le roc et adossée à une paroi rocheuse (c'est bon pour la solidité), le toit que j'ai fabriqué aurait pu supporter le poids d'un cheval. J'ai même marché dessus quand je l'ai consolidé avec des pierres plates.

La dernière fois que je suis allé sur les White Mountains, j'ai subi plusieurs de ces désagréments qui rendent pénible ce type d'excursion. Le premier d'entre eux était les hôtels de montagne[245]. On aurait pu penser que le principal attrait de cette région, même pour ceux qui y habitent, résidait dans sa nature sauvage et dans le fait qu'elle est à l'opposé de la ville, mais voilà qu'ils font tout ce qu'ils peuvent pour qu'elle lui ressemble. J'ai même entendu dire que la Crawford House[246] était éclairée au gaz et possédait un grand *saloon*, avec orchestre, pour danser. Qu'on me donne plutôt une cabane en épicéa construite sous la pluie !

Un vieux fermier de Concord m'a raconté qu'un jour il est monté sur le Monadnock, et y a dansé. Comment est-ce possible ? Eh bien, alors qu'il était là-haut, un groupe de jeunes garçons et de jeunes filles sont arrivés, accompagnés d'un musicien. Ils avaient apporté des planches pour faire une sorte de parquet, sur lequel ils ont dansé au son du violon. Je pense que ce devait être sur l'air de l'« Excelsior[247] ». Cela me rappelle cet homme qui a escaladé la plus haute flèche d'une église, s'est mis debout sur la boule, avant de pousser un hourra. Pour quoi ? Eh bien, pour Harrison et Tyler[248]. C'est le genre de cri qu'émettent les plus ambitieux quand ils culminent. Ils se montrent singulièrement frivoles dans les hauteurs ; ils n'arrivent pas à se contenir, alors que notre confort et leur sûreté l'exigeraient. Il faudrait une pression de plusieurs atmosphères pour y parvenir, et du coup ils s'évanouissent irrémédiablement dans les airs. Il semblerait que plus ils montent, plus leur souffle est court, et qu'à chaque *expiration* un peu de leur cervelle les quitte. Tant et si bien que quand ils ont atteint le sommet, ils ont la tête si légère qu'elle n'est plus bonne qu'à indiquer le sens du vent. Je soupçonne que le texte critique d'Emerson intitulé Monadnock[249] ne lui ait pas été inspiré par le souvenir des habitants des vallées du New Hampshire, mais plutôt par sa rencontre avec certains d'entre eux au sommet de la montagne.

Au terme de cette expérience de plusieurs nuits, C[hanning] a fini par réaliser qu'il « dormait dehors » et a voulu savoir quelle était la plus grosse bête susceptible de lui mordiller les jambes. Je crains fort qu'il n'ait pas profité de cette dernière nuit pour dormir autant il l'aurait pu. Je lui avais proposé de rester une semaine dans la montagne. Nous sommes partis 6 jours et y avons seulement dormi 5 nuits, car C[hanning] a estimé que 6 jours ouvrables feraient une semaine, et force me fut de constater qu'il était prêt à *dé-camper*. Mais il y a quand même trouvé son compte, tout comme moi.

Les enfants Fassett[250] nous ont vus monter sous la pluie, aussi sinistres et silencieux que 2 Génies de la tempête[251], mais personne n'a jamais réussi à nous identifier, bien que nous ayons été au cœur de toutes les conversations que nous avons surprises. Au moins cinq cents personnes sont venues sur cette montagne pendant que nous y séjournions, mais aucune d'elles n'a trouvé notre campement. Nous avons vu un groupe de trois *ladies* et deux *gentlemen* déployer leurs couvertures et passer la nuit sur le sommet, et nous les avons entendus discuter, mais ils ignoraient qu'ils avaient des voisins, de vieux colons par rapport à eux. Nous leur avons épargné le chagrin que cette information leur aurait causé, et les avons, par conséquent, laissés imprimer leur histoire dans le journal.

D'après ce que j'ai entendu dire au sujet des infirmités de Fassett, j'en ai conclu que son partenaire était Tap[252]. Il a été logé quelques pieds sous la montagne et quand on passe par là, on peut l'entendre cogner à sa nouvelle demeure, tandis que Tap est sans doute au cellier. Voilà le Cerbère qui garde *ce* passage. Il y a toujours quelqu'un qu'on connaît. Ce n'est pas si mal d'aller dans un endroit comme Glen House. Mais nous n'en avons pas moins quitté ces Champs Élysées[253] par un raccourci de notre connaissance, qui partait de l'endroit où il est installé.

Oui, rencontrer des hommes de façon simple et honnête, essuyer une rebuffade, souffrir de ses pieds endoloris, tout comme vous, et de son cœur meurtri, comme ce fut peut-être également le cas pour vous – tout cela est excellent. Quel dommage que ce jeune Prince[254] n'ait pas su apprécier ce qu'est vraiment un voyage, qu'il n'ait pas été traité avec simplicité et naturel, même si c'eût été pour lui un peu rude. Il aurait pu être invité dans n'importe quelle demeure accueillante de ce pays, y prendre un bol de lait et du pain, avec une serviette propre autour du cou. On lui aurait dit qu'il y avait une barque et une canne à pêche, et qu'il pouvait aller s'amuser à sa guise – jouer à « saute-bouleaux[255] », déloger une marmotte, passer un bon moment, puis enfin aller se coucher avec les enfants – et alors, il n'aurait jamais été présenté à M. Everett[256]. Nul doute que pour lui, cette expérience aurait été autrement plus mémorable et précieuse.

Le sommet enneigé du mont Washington devait constituer un magnifique spectacle depuis Wachusett. Que le bon hiver soit vu de près ou de loin, il est surtout bon, et réchauffe notre cœur avec simplicité – de cette bonté *morale*, comme on l'appelle d'ordinaire, éphémère et sensible. Qu'on me donne la bonté, celle qui a oublié ses propres actes – et Dieu vit que cela était très bon[257]. Nulle trace de vos *justes qui ont été rendus parfaits*[258] – qui ne sont rien de plus que des harengs saurs ! Ce qui les sauvera, c'est leur pittoresque, comme pour les arbres foudroyés. Tout ce qui a et n'a pas honte d'exister est bon. Je ne connais ni bonté ni grandeur morale qui ne soit aussi bonne ni aussi grande que ce sommet enneigé. Quelle amélioration pourraient lui apporter trente pieds d'intestin grêle ? La nature est la bonté cristallisée. Vous avez pénétré dans la Terre promise. Quelque beauté que nous contemplions, plus elle est lointaine, sereine et froide, plus elle est pure et durable. Il vaut mieux se réchauffer avec de la glace qu'avec du feu.

Dites à Brown qu'il m'envoie un peu plus que le prix du livre – c'est-à-dire un mot de lui, pour lequel je suis ô combien son débiteur.

H.D.T.

LETTRE XLIX

Concord, 2 déc. 60

M. Blake,

Je vais à Waterbury, Connecticut, faire une conférence[259] le 11 courant. Si d'aventure vous êtes chez vous, et que cela vous convient, je passerai l'après-midi et la nuit du 10 avec Brown et vous.

H.D. Thoreau

LETTRE L

Concord, 3 mai 1861

M. Blake,

Je suis toujours aussi malade, sinon plus, que quand Brown et vous êtes venus ici[260], et compte tenu de mon état, il se pourrait bien que le froid ne revienne avant que je ne me sois remis de ma bronchite. Par conséquent, le Docteur[261] me préconise de « filer » aux Antilles ou ailleurs, la destination que je choisirai lui importe peu. Mais je refuse les Antilles, en raison de leur chaleur moite l'été, et le sud de l'Europe, à cause de ce que cela me coûterait en temps et en argent, et j'en suis venu à la conclusion qu'il serait plus indiqué pour moi d'essayer l'air du Minnesota, du côté de St Paul par exemple. J'attends juste d'aller suffisamment bien pour me mettre en route – j'espère lever le camp d'ici une semaine ou 10 jours.

L'air à l'intérieur des terres peut me faire immédiatement du bien, ou peut-être pas. Quoi qu'il en soit, je suis tellement impotent que je devrai veiller avec le plus grand soin à mon confort pendant le voyage – en m'arrêtant pour me reposer, etc., etc., si besoin est. Je songe à prendre un billet pour Chicago en me réservant le droit de m'arrêter fréquemment pendant le trajet, effectuant une première étape importante aux chutes du Niagara – de quelques jours ou d'une semaine, dans une pension privée – ensuite, une nuit ou une journée à Detroit et autant à Chicago que l'exigera ma santé.

Une fois à Chicago, je peux choisir par où (Fulton, Dunelith ou ailleurs) attaquer le Mississippi et prendre un bateau pour St Paul.

Je suis quasi certain de trouver une pension dans l'un des nombreux endroits agréables de cette région pour y séjourner.

J'espère, du moins je m'y prépare, être parti pendant 3 mois et j'aimerais revenir par une route différente – peut-être par Mackinaw et Montréal.

Bien sûr, j'avais plus ou moins songé à me trouver un compagnon, mais je ne me crois pas le droit de m'imposer à qui que ce soit[262] – contraint que je suis de m'occuper d'une chose aussi personnelle et accaparante (et insignifiante de surcroît) que *ma* santé, et absolument pas de la *sienne* – ce qui m'oblige à m'arrêter à tel endroit, à aller à tel autre, etc., etc., inexplicablement.

Et malgré tout, je me résous à vous faire connaître mes intentions, en n'osant rêver qu'il vous plairait de faire tout ou partie du voyage, en même temps que moi, ce qui pourrait même être de quelque profit pour votre santé.

Faites-moi savoir si cette proposition vous tente. Je me dépêche de vous écrire à cause de la levée du courrier, et suis contraint de négliger ce qui, dans nos échanges épistolaires, a trait au domaine moral.

H.D. Thoreau

Notes

1. Worcester, où vit Blake, est situé à une soixantaine de kilomètres de Concord où réside Thoreau.
2. Il s'agit de l'article de Thoreau, *Aulus Persius Flaccus*, qui a paru dans *The Dial*, de juillet 1840.
3. À cette époque, les Anglais avaient la réputation de faire montre de bon sens dans la conduite du monde, au regard de leur révolution industrielle.
4. « Ces acteurs, / J'eus soin de vous le dire, étaient tous des esprits : / Ils se sont dissipés dans l'air, dans l'air subtil. / Tout de même que ce fantasme sans assises, / Les tours ennuagées, les palais somptueux, / Les temples solennels, ce grand globe même / Avec tous ceux qui l'habitent, se dissoudront, / S'évanouiront tel ce spectacle incorporel / Sans laisser derrière eux ne fût-ce qu'un brouillard » (William Shakespeare, *La Tempête*, traduction de Pierre Leyris).
5. Dans sa correspondance, H.D. Thoreau cite très régulièrement des passages de la Bible. Ici, il fait allusion à Matthieu 20:22 : « Jésus répondit : "Vous ne savez pas ce que vous demandez. Pouvez-vous boire la coupe que je vais boire ?" Ils lui disent : "Nous le pouvons." »
   Pour ne pas alourdir les notes, nous ne relèverons que les allusions les plus appuyées.
6. Jean 6:35 : « Jésus leur dit : "Je suis le pain de vie. Qui vient à moi n'aura jamais faim ; qui croit en moi n'aura jamais soif." »
7. Allusion vraisemblable aux *Dialogues Concerning Natural Religion* du philosophe écossais David Hume (1711-1776).
8. Ésaïe 1:18 : « Venez et discutons, dit Yahvé. Si vos péchés sont comme l'écarlate, ils deviendront blancs comme de la neige. »
9. Épître aux Colossiens 3:1 : « Du moment que vous êtes ressuscités avec le Christ, recherchez les choses d'en haut, là où se trouve le Christ, assis à la droite de Dieu ».
10. Allusion vraisemblable à la conférence sur Goethe de son ami R.W. Emerson : « [Aux] yeux [de l'écrivain], un homme est la faculté de faire un rapport, et l'univers la possibilité d'être un objet de rapport. Dans la conversation, dans la calamité, il trouve de nouveaux matériaux ; comme l'a dit notre poète

allemand [Goethe] : “Quelque dieu m’a donné le pouvoir de peindre ce que je souffre.” Il tire ses rentes de la rage et de la douleur » (« Goethe, ou l’écrivain », in *Hommes représentatifs*, G. Crès & Cie, 1919, p. 263).

11. Alors qu’il partait pour une tournée de conférences en Angleterre, le philosophe Ralph Waldo Emerson (1803-1882) proposa à son ami H.D. Thoreau – qui rentrait de son séjour solitaire dans la cabane de Walden Pond – d’habiter chez lui pour tenir compagnie à son épouse Lidian Emerson (1802-1892). Il y restera de l’automne 1847 au mois de juillet suivant. Thoreau avait déjà séjourné chez les Emerson de 1841 à 1843, en tant que factotum.
12. Blake s’était arrangé pour que Thoreau vienne à Worcester donner ses trois conférences sur *Walden* – qu’il avait déjà prononcées au cours des cinq mois précédents à Portland dans le Maine, ainsi qu’à Concord, Lincoln, Salem et Gloucester dans le Massachusetts. Ces trois conférences à Worcester étaient prévues pour les vendredis 20 avril au City Hall, 27 avril et 3 mai au Brinley Hall.
13. John Thoreau (1787-1859) venait d’acheter, pour sa famille, une grande maison dans Main Street, mais les travaux de réfection ne leur permirent de s’y établir qu’en août suivant. L’écrivain, qui y occupait le troisième étage, sous les combles, vécut jusqu’à sa mort dans la « Yellow House ».
14. Après avoir corrigé les épreuves de *A Week on the Concord and Merrimack Rivers*, Thoreau s’était remis d’arrache-pied à son manuscrit de *Walden*, dont la publication, annoncée en dernière page de *A Week*, ne se fera qu’en août 1854, en raison de l’échec commercial de ce premier livre.
15. Allusion au fil d’Ariane qui aida Thésée à sortir du Labyrinthe.
16. *A Week on the Concord and Merrimack Rivers*, premier livre de Thoreau, paru le 30 mai 1849 chez James Munroe & Co, à Boston, à compte d’auteur.
17. Theophilus « Theo » Brown (1811-1879), tailleur venu s’installer à Worcester avec ses frères, et dont la boutique est devenue un lieu de réunion pour les intellectuels de la ville. Cet

ami de Blake, Emerson, Alcott et Thoreau offrait, avec son épouse Sarah Ann Brown, l'hospitalité à leurs amis de Concord, à chacune de leurs visites.

18. Thoreau gagne sa vie à la fabrique de crayons de son père à laquelle il apportera de très sensibles améliorations et où il travaillera, plus ou moins régulièrement, jusqu'à la fin de sa vie. Il en assuma même la direction avec sa sœur Sophia (1819-1876), à partir de 1859, après la mort de leur père.
19. Le plus souvent, Thoreau partait en excursion avec William Ellery Channing (1817-1901). C'est précisément avec lui qu'il fit sa première excursion à Cape Cod, cette année-là.
20. Thoreau cite (et traduit) un ouvrage qu'il vient d'emprunter à la Harvard College Library, *Harivansa, ou Histoire de la Famille de Hari*, long poème indien de 16 374 vers, traduit du sanscrit par le Français Alexandre Langlois (1788-1854). Thoreau traduira, pour lui-même, une partie de la version française : *The Transmigration of the Seven Brahmans.*
21. Pendant le premier semestre 1849, la Russie fut impliquée dans des insurrections en Hongrie et en Transylvanie. Après la défaite, les insurgés se réfugièrent en Turquie. Quand la Russie et l'Autriche réclamèrent leur extradition, la Turquie rompit les relations diplomatiques.
22. Henry John Temple Lord Palmerston (1784-1865), secrétaire aux Affaires étrangères britannique.
23. « La parole a été donnée à l'homme pour déguiser sa pensée », ce propos a été attribué à Voltaire, au poète anglais Edward Young, à Talleyrand et au comte de Montrond et repris par le poète Oliver Goldsmith, qu'a beaucoup lu Thoreau.
24. C'est ainsi que les Indiens d'Amérique désignent l'idée de Dieu. Thoreau avait commencé à se passionner pour l'histoire des Indiens, et accumulera jusqu'à la fin de sa vie un nombre impressionnant de notes, en vue d'un livre qu'il n'aura pas le temps d'écrire.
25. Allusion à « La Belle Impéria mariée », l'un des *Contes drolatiques* de Balzac : « Brouf ! La vécy à cheval sur un rays de

soleil en compagnie d'un Dixain qui s'esclaffe en meteores aëriformes ! »

26. Allusion au conte des frères Grimm, *Le Roi Grenouille.*
27. La journée du « Mercredi » dans *A Week on the Concord and Merrimack Rivers* contient une longue section consacrée à l'Amitié.
28. « An Excursion to Cape Cod », qu'il a prononcée en janvier 1850 à la maison de la culture de Concord et le 18 février à South Danvers. Rien ne nous permet d'affirmer qu'elle ait bien été donnée à Worcester, il n'y en a pas trace dans son journal.
29. Les deux conférences « Walden » données à une semaine d'intervalle fin mai et début juin 1849.
30. Thoreau cite le poète anglais Alexander Pope (1688-1744), qui dans *Essay on Criticism*, écrivait : « Un peu de science est chose dangereuse, / Abstenez-vous de l'eau de la fontaine des Muses, à moins d'en boire beaucoup. »
31. Thoreau cite ici *The Pilgrim's Progress* de l'écrivain anglais John Bunyan (1628-1688) : « Sur cette terre, [Chrétien et Plein d'Espoir] n'entendirent rien, ne virent rien, ne touchèrent rien, ne humèrent rien, ne goûtèrent rien qui n'offensât leur estomac ou leur esprit. Et quand ils burent l'eau du fleuve sur lequel ils naviguaient, ils lui trouvèrent un goût amer au palais, mais cette eau s'avéra des plus douces quand elle descendit dans leurs gorges » (seconde partie, chapitre 25, « Sur la terre de Beulah »).
32. Christopher A. Greene (1816-1853), chez qui Blake enseignait à cette époque. Ce fils de capitaine, diplômé de West Point, avait servi comme lieutenant dans le bataillon des Ingénieurs topographiques, avant de démissionner pour protester contre la guerre faite aux Indiens Seminoles. Militant abolitionniste et transcendantaliste, il avait aidé à la publication du journal transcendantaliste de Providence, *The Plain-Speaker.*
33. La poétesse, amie de Thoreau et Emerson, Margaret Fuller, son mari Giovanni Angelo, marquis d'Ossoli et leur fils Angelo, périrent au cours d'un naufrage au large de Fire Island, le 19 juillet. On ne retrouva jamais les dépouilles des

deux époux, et quand Thoreau arriva sur les lieux, le jeune enfant avait déjà été enterré.

34. Pour améliorer ses revenus, Blake avait quitté Worcester au printemps 1850, où les élèves étaient trop peu nombreux pour lui permettre de correctement gagner sa vie, pour se rendre à Milton, dans le Massachusetts.
35. Matthieu 6:3 : « Pour toi, quand tu fais l'aumône, que ta main gauche ignore ce que fait ta main droite. »
36. Près de deux ans se sont écoulés entre cette lettre et la précédente, deux ans pendant lesquels Thoreau fut tout sauf désœuvré. À l'automne 1850, il s'était rendu à Montréal et à Québec en compagnie de Channing, périple qui constituera la matière de *A Yankee in Canada*. Il a aussi donné une quinzaine de conférences, soit au sujet de son voyage au Canada, soit à propos de son essai « Walking ». Par ailleurs, il a repris le manuscrit de *Walden*, qu'il avait délaissé depuis l'échec commercial de *A Week on the Concord and Merrimack Rivers*, et qu'il va retravailler sans relâche jusqu'en août 1854. Enfin, l'évolution du débat sur l'esclavage dans l'Union et, surtout, le fait que l'esclave afro-américain Thomas Sims, qui s'était échappé et avait vécu un temps à Boston, soit capturé et livré à son maître, en vertu de la Loi contre les Fugitifs du 18 septembre 1850, déclencha de vives protestations chez les abolitionnistes. Ce fut l'événement à l'origine de l'engagement de Thoreau dans ce combat. Il prit une part active dans l'*Underground Railroad*, ce réseau clandestin qui permit à près de 100 000 esclaves de fuir le Sud, en direction du Nord et du Canada, et fut un ardent partisan de l'abolitionniste John Brown.
37. Colline du comté de Worcester.
38. Voir « Life without Principle » (*The Atlantic Monthly*, 1863), essai dans lequel Thoreau développe la même idée.
39. Nom d'une baie (*Mitchella repens*) de la famille des Rubiacées, que l'on trouve en Amérique du Nord.
40. Une ville située à quinze kilomètres au nord-ouest de Worcester.

41. Le Free-Soil Party fut un parti influent aux États-Unis de 1848 à 1854, dont le but était d'empêcher l'extension de l'esclavagisme dans les nouveaux territoires achetés au Mexique.
42. Important navire marchand assurant le commerce entre l'Angleterre et l'Inde.
43. La plupart des documents légaux devaient être écrits à l'encre indélébile.
44. En juillet 1852, Blake qui était veuf depuis six ans et chargé de famille, avait décidé d'épouser à l'automne suivant l'une de ses anciennes élèves, Nancy Pope Howe Conant (1829-1872), de treize ans sa cadette, qui appartenait à une riche famille de Sterling, localité située à vingt kilomètres au nord de Worcester. Il avait écrit en août à Thoreau et à Alcott, pour leur demander conseil sur la façon dont un homme et une femme pouvaient « s'aider mutuellement à rester vraiment solitaires, au sens noble du terme, à être l'un pour l'autre le meilleur Ami possible » et comment faire pour que « le Mystère, la Poésie et la Beauté qui vont de pair avec un amour naissant, ne puissent être altérés par une relation trop intime, par le partage des contingences quotidiennes, en une forme de routine vulgaire et prosaïque ». C'est la raison pour laquelle Thoreau lui adressa les deux textes qui suivent.
45. Socrate parle de son *daïmon* (« génie, esprit ») comme d'une voix intérieure qui le guide.
46. Allusion vraisemblable au célèbre poème de Coleridge (1772-1834), *The Aeolian Harp*. Il convient toutefois de noter que Percy Bysshe Shelley (1792-1822) écrivait quant à lui dans *A Defence of Poetry* : « L'homme est un instrument soumis à toute une série d'impressions tant externes qu'internes, semblables aux alternances qu'un fleuve toujours changeant impose à une lyre éolienne, qui par leur mouvement, lui font jouer une mélodie toujours nouvelle. »
47. Le baron Frederick von der Trenck (1745-1794) raconte dans son autobiographie *Mémoires sur sa vie* (1792), qu'après avoir passé dix années incarcéré dans la forteresse de Magdebourg en Allemagne, il creusa un tunnel pour s'échapper.

48. Secte fondée par Ann Lee (1736-1784), baptisée officiellement United Society of Believers in Christ's Second Appearing ou la Millenial Church. Ce personnage mystique qui fêtait le Sabbat par des danses et des cris, au grand dam des Quakers les plus orthodoxes, militait contre le mariage et affirmait avoir reçu en prison une révélation selon laquelle « le renoncement total à la luxure de la procréation ainsi qu'une confession exhaustive et explicite devant témoins, étaient la seule voie de salut ».
49. Allusion à l'essai d'Emerson, « Friendship » (1841) : « Presque tous les êtres s'abaissent en se rencontrant » (R.W. Emerson, « Amitié », in *Les Forces éternelles et autres essais*, Mercure de France, 1920, p. 182).
50. Thoreau a emprunté ce livre à la Harvard College Library en mai 1852.
51. Matthieu 7:19-20 : « Tout arbre qui ne donne pas un bon fruit, on le jette au feu. Ainsi donc, c'est à leurs fruits que vous les reconnaîtrez. »
52. Thoreau a arpenté la ferme de John B. Moore les 10-12 et 18-19 février 1853. À l'époque où il enseignait dans l'école qu'il avait fondée avec son frère John, les deux jeunes professeurs avaient pris l'habitude de se livrer à des travaux d'arpentage pour montrer à leurs élèves une application pratique et concrète des mathématiques. Par la suite, Thoreau avait arpenté Walden et ses environs, ainsi que des terrains pour le compte d'Emerson. Aussi, pour rembourser ses dettes inhérentes à la publication à compte d'auteur de *A Week on Concord and Merrimack Rivers* et à l'échec commercial de ce livre, Thoreau décida-t-il de s'équiper de matériel neuf et de proposer ses services. Cette activité était suffisamment lucrative pour lui permettre de vivre et avait, de surcroît, l'irremplaçable mérite de lui offrir de longues marches dans la nature.
53. Du 13 décembre 1852 au 27 février 1853, Thoreau a arpenté pour le compte de Daniel Wetson, Virgil Fuller, Henry L. Shattuck, Humphrey Hunt, Elijah Davis, John Le Grosse, Turner Bryant, James Wood et John B. Moore, passant parfois

quinze jours de suite dans les champs, sans compter le temps derrière son bureau pour corriger ses données.

54. La seule conférence que Thoreau ait donnée dans la saison 1852-1853 fut son « Excursion to Moosehead Lake », qu'il lut à ses concitoyens le 14 décembre 1853, sans être payé.
55. La formule « Manifest Destiny » a été utilisée pour la première fois par le journaliste et diplomate américain John Louis O'Sullivan (1813-1895), dans un éditorial de juillet-août 1845 paru dans l'*United States Magazine and Democratic Review*, pour soutenir l'annexion du Texas. Elle fut reprise ensuite par les politiciens de tout bord pour justifier l'acquisition de la Californie et de l'Oregon. Selon cette idéologie, la nation américaine avait pour « mission divine » de répandre la démocratie et la civilisation vers l'Ouest.
56. Allusion à Don Quichotte qui se décrit en ces termes.
57. Le « Manifest Destiny » prônant l'extension de la civilisation vers l'Ouest, la prochaine étape devait être la traversée du Pacifique en direction du Japon.
58. Thoreau, qui semblait croire à la transmigration, avait lu, en juin 1850, une histoire de l'Assyrie par Sir Austen Henry Layard, *Nineveh and Its Remains,* qui décrivait des bas-reliefs représentant des moutons et des chèvres.
59. Les deux principaux candidats à la présidence de 1852 étaient le candidat Whig Winfield Scott (1786-1866) et le démocrate Franklin Pierce (1804-1869). C'est ce dernier qui fut élu quatorzième président des États-Unis.
60. Matthieu 19:24 : « Oui, je vous le répète, il est plus facile à un chameau de passer par un trou d'aiguille qu'à un riche d'entrer dans le Royaume des Cieux. »
61. Allusion à la parabole des talents (Matthieu 25:14-30).
62. Le onzième travail d'Hercule fut d'aller récupérer les pommes d'or que Héra avait offertes à Zeus, comme cadeau de noce, et que ce dernier conservait dans le jardin des Hespérides, les filles d'Atlas.
63. Dans le chapitre « Mercredi » de *A Week on the Concord and Merrimack Rivers*, Thoreau avait en effet écrit : « Le vrai Ami, celui qui ne vous désespère pas, s'adressera à son Ami en ces

termes : “Je ne t’ai jamais demandé de partir pour me laisser t’aimer, – j’ai un droit. Je ne t’aime pas comme une chose privée et personnelle, qui *t’appartient*, mais comme quelque chose d’universel, digne d’amour, *que j’ai trouvé*. Je pense tellement à toi ! Tu es purement bon – tu es infiniment bon. Je puis te faire confiance à jamais. Je ne pensais pas que l’humanité fût si riche. Offrez-moi une opportunité de vivre.” »

64. Les Monts Délectables que traversent le Pèlerin Chrétien et son compagnon dans *The Pilgrim's Progress* de John Bunyan, où des bergers leur montrent les merveilles d’un endroit connu sous le nom de « Terre d’Emmanuel ».
65. Thoreau réinvente ici l’étymologie d’union : *un-*, pour souligner l’unité et *-ion* pour marquer la condition ou l’action.
66. « An Excursion to Canada », récit de son voyage dans ce pays en compagnie d’Ellery Channing à l’automne 1850, a paru dans les trois premiers numéros (janvier-mars 1853) du *Putnam's Monthly Magazine of American Literature, Science, and Art*. Mais à la suite d’une dispute avec l’éditeur George William Curtis (1824-1892), sa publication fut interrompue au bout de trois numéros. Il ne paraîtra qu’après la mort de Thoreau, en 1866, sous le titre *A Yankee in Canada*, chez Ticknor & Fields, à Boston.
67. Marc 8:36 : « Que sert donc à l’homme de gagner le monde entier, s’il ruine sa propre vie ? »
68. Dans *Cape Cod* (Ticknor & Fields, Boston, 1865), Thoreau écrit que le *sun-fish* est « l’une des formes les plus inférieures de la vie animale ». Il a pu discuter de cet animal avec l’un ou l’autre des naturalistes de Boston, James Eliot Cabot (1821-1903) ou Pierre Jean Edouard Desor (1811-1882), le 1er août 1851, alors qu’il avait trouvé un spécimen sur la plage durant une excursion qu’il venait de faire à Plymouth.
69. Dans la partie « Pissenlit » de son manuscrit *Wild Fruits* (qui restera inédit jusqu’en 2000), Thoreau écrit : « Si [les garçons] peuvent souffler toutes les graines d’un seul coup, alors c’est que leurs mères ne veulent pas d’eux. »
70. *To the Lady Margaret, Countess of Cumberland* du poète anglais Samuel Daniel (1562-1619). Vers que Thoreau repren-

dra d'ailleurs dans son essai de 1859, *A Plea for Captain John Brown*.

71. *The Devil and Tom Walker* est une nouvelle de l'écrivain américain Washington Irving (1783-1859).
72. Grâce à son cousin Charles Howard Dunbar, Thoreau avait effectué des travaux d'arpentage au printemps 1850 sur la propriété de Nehemiah Emerson (1749-1832), à Haverhill, dans le Massachusetts, où Blake était venu le retrouver.
73. Pélion et Ossa sont deux montagnes grecques. Les deux géants Otos et Éphialtés, pour atteindre les cieux et attaquer les dieux, auraient mis le mont Ossa sur le mont Olympe, et le mont Pélion sur le mont Ossa (voir l'*Odyssée*, livre XI). La phrase « empiler le Pélion sur l'Ossa » désigne toute vaine entreprise de grande ampleur.
74. Thoreau a donné une conférence intitulée « Chesuncook » (dont le texte sera repris dans son livre posthume, *The Maine Woods*) à Concord le 14 décembre, inspirée par l'excursion qu'il fit dans les forêts du Maine, au mois de septembre précédent en compagnie de son cousin George Thatcher, et du guide indien Joseph Aitteon.
75. Il s'agit plus précisément de la lamproie d'Amérique (*Petromyzon americanus*), dont Thoreau avait décrit les nids dans le chapitre « Samedi » de *A Week on the Concord and Merrimack Rivers*.
76. Allusion à « The Song of the Shirt » du poète satirique et graveur anglais Thomas Hood (1799-1845), qui a paru anonymement dans le numéro de décembre 1843 de *Punch*, où ces mots reviennent neuf fois.
77. Thoreau lisait à cette époque *A View of the History, Literature, and Mythology of the Hindoos* de William Ward.
78. Michael Flannery (1800-1900), qui a terminé second à la compétition d'aviron de la Middlesex Agricultural Fair à Concord, le 5 septembre 1853, et que Thoreau avait rencontré à cette occasion.
79. Dans la mythologie grecque, Zeus avait ordonné à Apollon, qui avait tué les Cyclopes, de servir de berger au roi Admète.

80. Le nom latin de l'if est *Taxus baccata*, le mot *taxus* signifiant « arc ».
81. Du 19 au 21 décembre, il a effectué des travaux d'arpentage pour James P. Brown.
82. Thoreau avait lu les trois volumes de *Life of Benjamin Robert Haydon, Historical Painter,* compilés par Tom Taylor, publié à Londres au début de cette année 1853. Benjamin Robert Haydon (1786-1846) était un peintre anglais, auteur de toiles historiques et religieuses, qui se suicida.
83. *Discoveries among the Ruins of Nineveh and Babylon; with Travels in Armenia, Kurdistan, and the Desert* (1853) de Sir Austen Henry Layard (1817-1894).
84. Pierre d'Amiens (v. 1050-1115), appelé aussi Pierre l'Hermite, moine français qui mena la première croisade.
85. Sorte de gâteau au chocolat et à la crème, spécialité de la région du Mississippi.
86. Formule célèbre de Davy Crockett (1786-1836), dont la devise était « Assure-toi d'avoir raison et va de l'avant ».
87. Cynthia Dunbar Thoreau (1787-1872) et Sophia Thoreau (1819-1876), sœur cadette de l'écrivain qui, avec Blake, se chargera de la publication de son *Journal* et de ses œuvres après sa mort.
88. Alfred Guillaume Gabriel comte d'Orsay (1801-1852), célèbre dandy, peintre et sculpteur français.
89. Un centaure nommé Nessus aidait Déjanire, l'épouse d'Héraklès, à traverser un fleuve en crue, alors que ce dernier nageait de son côté. Quand il vit que Nessus tentait d'abuser de Déjanire, Héraklès prit une flèche enduite du poison de l'Hydre de Lerne et la décocha entre les omoplates du centaure. Ce dernier, à l'agonie, eut juste le temps de tendre sa tunique à Déjanire et de lui dire de la tremper dans son sang avant de l'offrir à son époux pour s'assurer de sa fidélité pour l'éternité. Ce ne fut que bien plus tard, craignant de perdre son époux, que Déjanire fit revêtir la tunique à Héraklès. Il sentit aussitôt une brûlure atroce et constata que sa peau partait en lambeaux quand il tentait de l'arracher. Il fit dresser un bûcher et s'y jeta.

90. Thoreau se rendra bien le surlendemain (lundi 23) à Worcester et sera de retour à Concord le 25 janvier.
91. Le 20 janvier, Thoreau avait été appelé à témoigner devant la cour de justice du Middlesex County, à Cambridge, à la suite d'un différend entre Leonard Spaulding Lots et William C. Benjamin.
92. « Le malheur donne à un homme d'étranges compagnons de couche » (W. Shakespeare, *La Tempête*).
93. James Riley (1777-1840), *An Authentic Narrative of the Loss of the American Brig Commerce, Wrecked on the Western Coast of Africa, in the Month of August, 1815* (Hartford Conn., Judd, Loomis, 1836).
94. La *Court of Common Pleas*, dans le droit anglo-saxon, était chargée de la justice civile.
95. Allusion au poème de William Wordsworth (1770-1850), « The world is too much with us » : « Nous sommes perpétuellement plongés dans le monde ; tôt ou tard, / Nous gaspillons nos forces à acquérir et à dépenser ; / Nous voyons peu de chose dans la Nature qui nous revient ; / Nous avons trahi nos cœurs, quelle misère ! »
96. Il est vraisemblable que ces propos désabusés résultent de l'« affaire » Anthony Burns, cet esclave afro-américain qui était parvenu à s'échapper de Virginie, avant d'être capturé par des chasseurs d'esclaves à Boston, en mai 1854, dans le cadre de la Loi contre les Fugitifs. La décision du juge Edward Greely Loring de le rendre à son maître souleva un tollé général à Boston, et le président des États-Unis dut faire appel à l'artillerie fédérale et aux Marines pour conduire Burns sous garde étroite, tandis que 50 000 personnes étaient descendues dans la rue, jusqu'au navire qui devait le ramener en Virginie. Pour protester une nouvelle fois, Thoreau lut une partie de son essai « Slavery in Massachusetts » lors d'une réunion anti-esclavage à Framingham, le 4 juillet suivant, jour de l'Indépendance, essai qui sera publié *in extenso* dans *The Liberator* le 21 juillet suivant, et dans le *New York Tribune*, le 2 août suivant.
97. Sels effervescents appelés ainsi à cause de leur ressemblance avec l'eau de Seidlitz, en Bohême.

98. Nous n'avons pas trouvé d'origine à cette phrase, qui pourrait être une expression, ou une allusion.
99. Voir *The Pilgrim's Progress* de John Bunyan (première partie, chapitre 7).
100. En août 1854, la ferme Clarke & White de Saratoga Springs, célèbre station thermale au XIXe siècle, propriétaire de la Congress Spring, lança une vaste campagne publicitaire pour vendre la Congress Water en provenance de cette source.
101. Allusion à « L'Allegro » de John Milton : « Étoile adorée des yeux d'alentour… »
102. Trois kilomètres au sud de Concord.
103. *Walden* est paru en août 1854 chez Ticknor's and Fields.
104. Blake avait parlé d'une excursion au mont Wachusett, à soixante kilomètres à l'ouest de Concord et vingt-cinq au nord de Worcester.
105. Un ancien condisciple de Thoreau à Harvard, Benjamin Marston Watson (1820-1896), avait réuni avec quelques amis une somme d'argent et écrit à ce dernier pour l'inviter à donner une conférence.
106. Thoreau avait accepté de donner sa conférence « The Wild » le 21 novembre au Spring Garden Institute de Philadelphie. Capitalisant sur le succès rencontré par *Walden*, Thoreau envisageait de se lancer dans une tournée de conférences, un peu à la manière d'Emerson, en somme. Mais il n'avait à l'époque de « disponible » que « Walking », dont la réécriture l'occupa jusqu'au début du mois de décembre. Malheureusement, devant le faible nombre d'invitations qu'il avait reçues, Thoreau fut contraint de renoncer à cette tournée.
107. Thomas Cholmondeley (1823-1863), jeune aristocrate britannique, était arrivé à Concord avec des lettres d'introduction d'Emerson qui lui avait suggéré de prendre pension dans la maison de Thoreau, dont il deviendra l'ami et le correspondant. En 1855, Cholmondeley lui fera parvenir une belle collection (quarante-quatre volumes) de livres orientaux.

108. Montagne qui culmine à 611 mètres, aux environs de Princeton et de Westminster, dans le comté de Worcester, dont le nom indien signifie « près de la montagne ». Thoreau y était monté à pied avec son ami Richard Fuller le 19 juin 1842, et en avait tiré un essai, « A Walk to Wachusett », imprimé dans le numéro de janvier 1843 de *The Boston Miscellany*.
109. Où il vient de donner sa nouvelle conférence « Moonlight » au Leyden Hall, le 7 octobre.
110. Thoreau refera l'ascension du mont Wachusett, en compagnie de Blake et de Cholmondeley, le 19 octobre.
111. Thoreau venait de le revoir à Providence – d'où le jeu de mots – où il venait de donner, dans le Hall de la Gare, sa nouvelle conférence « What Shall It Profit ».
112. Ces deux dernières années, Thoreau avait lu dix des trente-cinq volumes des *Jesuit Relations* qu'abrite la Harvard College Library, comptes rendus rédigés, entre 1633 et 1672, par des missionnaires jésuites au Canada à l'intention de leurs supérieurs restés en France, comprenant de nombreux récits d'Indiens brûlés sur le bûcher – et dont il s'est servi pour certains passages de *A Yankee in Canada*.
113. Titan allié à Cronos dans sa guerre contre Zeus qui, pour le punir, le condamna à porter les cieux sur ses épaules.
114. Les listes de recensement américaines comprenaient à cette époque une colonne pour « les sourds, muets, aveugles, fous, pauvres ou condamnés ». En 1850, la table de recensement de Concord recensait deux sourds et muets, un aveugle, cinq fous, un simple d'esprit, huit pauvres et cinq condamnés, parmi les 2 249 habitants de la ville.
115. La guerre de Crimée (1854-1856), entre la Russie impériale et les Alliés (Angleterre, France, Piémont-Sardaigne et Empire ottoman).
116. Prince Aleksandr Sergeïevitch Menchikoff (1787-1869), commandant militaire et homme d'État russe.
117. Trois importantes batailles de la guerre de Crimée : Alma (20 septembre 1854), Inkermann (5 novembre 1854) et Balaklava (25 octobre 1854).

118. Du nom de son créateur, le Français Claude Étienne Minié (1814-1879). Il fut beaucoup utilisé pendant la guerre de Crimée.
119. Daniel Tarbell, agriculteur et diacre de la Seconde Église de la Congrégation de Concord.
120. Deuxième Épître aux Corinthiens 5:10 : « Car il faut que tous nous soyons mis à découvert devant le tribunal du Christ, pour que chacun recouvre ce qu'il aura fait pendant qu'il était dans son corps, soit en bien, soit en mal. »
121. Cette conférence est « What Shall It Profit », première mouture de ce qui sera publié, à titre posthume, sous le titre de *Life Without Principle.*
122. Daniel Ricketson (1813-1898), hôte de Thoreau à New Bedford, était un Quaker excentrique et indépendant, historien et amoureux de la nature. Il avait lu *Walden* dès sa parution et avait écrit le 12 août suivant une lettre admirative à Thoreau.
123. La critique très élogieuse de *Walden* parue dans le *National Anti-Slavery Standard* du 16 décembre 1854 est attribuée à l'activiste anti-esclavagiste Lydia Maria Child (1802-1880), mais pourrait bien être de Blake lui-même.
124. La faiblesse des jambes dont il souffrait est le premier symptôme de la tuberculose dont il mourra en 1862.
125. Exode 20:7 : « Tu ne prononceras pas le nom de Yahvé ton Dieu à faux, car Yahvé ne laisse pas impuni celui qui prononce son nom à faux. »
126. Il avait dû annuler ce qui aurait été sa troisième excursion dans le Maine, et ne fera qu'un simple voyage de convalescence à Cape Cod, en compagnie de Channing, peu après avoir écrit cette lettre.
127. « An Excursion to Cape Cod », dont la première partie vient de paraître dans *Putnam's Monthly*, mais dont la publication s'arrêtera brutalement en août.
128. William Lloyd Garrison (1805-1879), éditeur fondateur du *Liberator*, principal organe de la Société anti-esclavagisme américaine. Wendell Phillips (1811-1884), ami du précédent

et brillant orateur. Tous deux étaient des célèbres figures abolitionnistes.

129. *Ultima Thule; or, Thoughts Suggested by a Residence in New Zealand* (Londres, 1854).
130. Corps de volontaires anglais, baptisé ainsi d'après Salop, l'autre nom de la ville de Shropshire.
131. Phare face à l'Atlantique, dans North Truro.
132. Thoreau s'est sans doute trompé en parlant d'une Commerce Street, qui ne figure sur aucune des cartes de Boston de l'époque. Il s'agit plus vraisemblablement de Commercial Street, qui longe le port depuis le quai Long Wharf, dont le pont T Wharf est un prolongement.
133. Non loin de Cape Cod, dans le comté de Barnstable.
134. Thoreau et Channing ont quitté Cape Cod pour retourner à Concord le mercredi 18 juillet.
135. Allusion très vraisemblable au célèbre récit de voyage *Two Years before the Mast* (*Deux ans comme simple matelot*) que son condisciple de Harvard, Richard Henry Dana, avait publié en 1840.
136. Nom indien de Concord River, qui signifie « herbe des prairies ».
137. *Le Devoir (The Task)* (1784) du poète anglais William Cowper (1731-1800). James Thomson (1700-1748), poète écossais célèbre pour son recueil *The Seasons* (1730) et Thomas Gray (1716-1771), poète anglais. Il s'agit ensuite soit du poète Quaker William Howitt (1792-1879), célèbre auteur de *The Book of the Seasons* (1831) soit de sa femme Mary Howitt (1799-1888).
138. Voir note 6.
139. Lire, écrire et compter.
140. Le pasteur réformateur, conférencier et écrivain Thomas Wentworth Higginson (1823-1911) et Theo Brown étaient accompagnés dans leur ascension du mont Katahdin, dans le centre du Maine, de trois autres hommes et de cinq femmes, vêtues – ce qui était une nouveauté à l'époque – de *bloomers* et chaussées de bottes. Le récit de cette excursion parut de façon anonyme dans le numéro de septembre 1856

du *Putnam's Magazine* sous le titre « Going to Mount Katahdin », et cite « Ktaadn and the Maine Woods » de Thoreau qui avait paru en cinq livraisons dans *Sartain's Union Magazine* en 1848.

141. La première Woman's Rights Convention eut lieu à Worcester en octobre 1850 et marque le début du mouvement pour les femmes aux États-Unis. Le Massachusetts avait été le premier État américain a abolir l'esclavage en 1783, mais à l'époque de cette lettre le débat battait son plein. Thoreau et les siens y prirent une part plus qu'active.
142. Voir note 64.
143. Allusion au poème « Ozymandias » de Shelley qui raconte l'histoire d'un voyageur qui a découvert dans le désert les ruines de la statue colossale d'un roi avec ces mots inscrits sur son piédestal : « Mon nom est Ozymandias, roi des rois ; / regardez mes œuvres, ô puissants, et désespérez ! »
144. Allusion à *Epitaph to Shakespeare* de Milton qui évoque : « Une pyramide pointée vers les étoiles ».
145. Thoreau avait emmené Blake à bord de son bateau sur l'Assabet River, à Concord, le 9 novembre précédent, pour ramasser du bois pour l'hiver et pour fabriquer des étagères pour les livres que Cholmondeley lui avait envoyés d'Angleterre. Ce ramassage du bois était un véritable rituel pour Thoreau, qui l'évoque dans le chapitre « Housewarming » de *Walden*.
146. Nom du quartier marchand dans Main Street à Concord.
147. Dans son *Journal*, à la date du 9 novembre, Thoreau écrivait : « Trouvé une bonne cruche, de petite taille, qui flottait à l'envers. Je l'ai attrapée et sentie, et comme je m'y attendais, mélasse et eaux, ou quelque chose d'encore plus fort (odeur de tannerie ?), qui s'était trouvé à l'intérieur. Sans doute la cruche d'un faneur de foin laissée dans l'herbe, que la crue récente du fleuve a emportée. Elle ira très bien avec le broc blanc que j'avais trouvé et servira pour mettre les fleurs. C'est ainsi que je me meuble. »
148. Mary Moody Emerson (1774-1863), tante paternelle très pieuse du philosophe R. W. Emerson.

149. Quarante-quatre livres orientaux que lui avait envoyés Cholmondeley, à bord de l'*Asia*, comprenant des traductions du *Rig Veda* des *Upanishad*, de la *Bhagavad Gita*, ainsi que des livres d'histoire et de critique de la littérature indienne. Pour le remercier, Thoreau lui enverra un exemplaire des *Poems* d'Emerson, un de *Walden*, un livre de Frederick Law Olmsted sur le Sud, ainsi que la première édition des *Leaves of Grass* de Whitman.
150. Le révérend méthodiste James Colder avait proposé à Thoreau en octobre 1855 de faire une conférence à Harrisburg, en Pennsylvanie, le 9 ou le 16 janvier suivant.
151. Blake lui avait vraisemblablement proposé de faire une excursion au mont Asnebumskit, à dix kilomètres de sa maison.
152. Thoreau cite ici le chapitre XII « The Walk to Dummer » de *Roughing It in the Bush* (Londres, 1852) de Susanna Strickland Moodie (1803-1884).
153. En 1832, l'éditeur C. Gaylord publia *The Letter Writer : Containing a Great Variety of Letters on the Following Subjects.* L'année suivante, la G&C Merriam Company de Springfield publia le premier livre de sa série populaire « Letter Writer ».
154. En 1846, Tom Smith, un Londonien, commença à vendre des friandises entourées de « proverbes » sur du papier brillant. Très vite, les confiseurs américains se mirent à en produire aussi.
155. Autre nom d'Asnebumskit, la colline située à Paxton.
156. Ville d'Inde, célèbre pour ses diamants. Au XIXe siècle, c'était la seule source au monde de cette pierre précieuse.
157. *The Angel in the House*, du poète anglais Coventry Patmore (1823-1896), qui consacra un long poème épique en quatre volumes à sa femme Emily, en laquelle il voyait le modèle de la parfaite épouse victorienne.
158. Brown et Blake vinrent le voir à Concord, le dimanche suivant, et Thoreau leur rendra leur visite en séjournant du 13 au 19 juin chez l'un et l'autre, à Worcester.
159. Blake lui avait écrit un certain nombre de remarques et de réserves sur le chapitre « Solitude » de *Walden*.

160. Il s'agit en l'occurrence de « Don't you see my Jesus coming? » d'Isaac Watts.
161. Le *New York Tribune*, édité par Horace Greeley, était le journal le plus populaire des États-Unis dans les années 1850. Le Sermon sur la montagne (Matthieu 5-7) constitue en quelque sorte le bréviaire chrétien.
162. En 1852, le riche abolitionniste Quaker Marcus Spring avait acheté 268 acres de terre au sud-ouest de Perth Amboy, dans le New Jersey, près de l'embouchure du Raritan River, en vue d'y établir la communauté coopérative « Raritan Bay Union ». En 1856, il rebaptise l'endroit « Eagleswood », et l'ami et ancien professeur de Thoreau, Amos Bronson Alcott, ami de Spring, lui proposa de demander à Thoreau de venir arpenter l'endroit et donner quelques conférences durant son séjour. Le 24 octobre, se rendant à Eagleswood, ce dernier fait étape à Worcester mais Blake est absent. À Eagleswood, il donne « Walking », « What Shall It Profit » et « Moosehunting » (nouveau nom de « An Excursion to Moosehead Lake »).
163. Horace Greeley (1811-1872), rédacteur du *New York Tribune*, qui durant de nombreuses années servit d'agent littéraire officieux à Thoreau.
164. Révérend Henry Ward Beecher (1813-1887) pasteur et orateur abolitionniste très populaire.
165. Walt Whitman (1819-1892), qu'il a rencontré chez lui le 10 novembre, en compagnie de la mère du poète et d'Alcott. La première édition de *Leaves of Grass*, le plus célèbre recueil de Whitman, avait paru en juillet 1855.
166. Whitman travailla pour cet hebdomadaire de février à mai 1848.
167. En quittant Eagleswood, Thoreau avait emporté du papier à lettres à en-tête, qu'il découpa pour pouvoir s'en servir dans sa correspondance.
168. Allusion à la célèbre phrase de Napoléon dans son *Mémorial de Sainte-Hélène* : « Le vrai courage, c'est celui de trois heures du matin », phrase que reprend Thoreau dans le chapitre « Sounds » de *Walden* et dans « Walking ».

169. Lors de sa visite à Brown le 24 octobre précédent, Thoreau lui avait emprunté un exemplaire du *Putnam's Magazine* de septembre 1856, contenant un article de Thomas Wentworth Higginson, « Going to Mount Katahdin ».
170. Le *Worcester Daily Transcript*, l'un des deux quotidiens de la ville.
171. Whitman avait édité lui-même sa première édition de *Leaves of Grass* en juillet 1855, elle contenait douze poèmes et un portrait du poète en frontispice. La seconde édition, toujours publiée par ses soins, en 1856, contenait trente-deux autres poèmes et un appendice de quarante-quatre pages, comprenant une lettre laudative d'Emerson.
172. « Poem of Walt Whiman, an American », rebaptisé « Song of Myself », et « Sun-Down Poem », rebaptisé « Crossing Brooklyn Ferry », parus dans la seconde édition de *Leaves of Grass.*
173. « Walking, or the Wild », que Thoreau avait donné le 16 décembre dans la sacristie de la Congregational Church d'Amherst.
174. David Atwood Wasson (1823-1887), pasteur, essayiste et poète. Il était à cette époque pasteur de la South Congregational (Unitarian) Church de Boston, mais avait séjourné longuement à Worcester au printemps 1857.
175. Thoreau a bel et bien écrit « Autumnal Tints », conférence qu'il donna pour la première fois à Worcester le 22 février 1859, et dont il a puisé la matière dans un essai beaucoup plus vaste et inachevé, qui se serait intitulé *The Fall of the Leaf.*
176. Pour le compte de Davis Elwell, propriétaire d'une grande ferme située à la confluence des fleuves Sudbury et Assabet.
177. Thoreau cite ici le poème « Baker Farm » d'Ellery Channing, qui a paru dans *The Woodman, and Other Poems* (Boston, 1849).
178. Contrairement à ce qu'il écrivait dans la lettre précédente, Thoreau a donné « Walking, or the Wild » à Fitchburg, le 3 février.
179. Il avait séjourné deux semaines chez Ricketson, quittant Concord sans avoir prévenu Blake qui vint lui rendre visite.
180. Edward Everett Hale (1822-1909), professeur, écrivain, pasteur et naturaliste amateur.

181. Seth Rogers (1823-1893), médecin du Vermont qui vint s'établir à Worcester en 1850.
182. Qui était à l'époque journaliste à New Bedford.
183. Il partit, en effet, en excursion à Cape Cod, en compagnie de Channing, du 12 au 22 juin. Ce devait être son dernier voyage là-bas.
184. Thoreau met cette épithète en italique pour en souligner sans doute l'acception originelle : « Au milieu des terres » ou « entouré de terres ».
185. Blake et lui remontèrent en bateau Assabet River le 29 juin.
186. Qui séjournèrent chez Thoreau le 4 juillet.
187. Cette excursion, qui dura du 20 juillet au 8 août, fut la dernière que Thoreau fit dans le Maine. Son récit constitue le troisième chapitre de *The Maine Woods* (Ticknor & Fields, Boston, 1864), ouvrage auquel Thoreau travaillait au moment de sa mort.
188. Joseph « Porus » Polis (1809-1884), chef indien Penobscot, auquel Thoreau consacra plusieurs pages dans *The Maine Woods*.
189. Edward Hoar (1823-1893), fils d'un juge éminent de Concord.
190. L'économie américaine connaît alors une grave crise qui conduisit à la Dépression de 1857, la pire depuis vingt ans.
191. Psaumes 97:1 : « Le Seigneur est Roi. / Que la terre exulte, / que tous les rivages se réjouissent ! »
192. Le transcendantalisme est un mouvement spirituel et philosophique né avec la création du Transcendantal Club à Cambridge en 1836 par G. Putnam et R.W. Emerson. Ce mouvement trouve ses racines dans la doctrine transcendantale de Kant et plus généralement dans l'idéalisme allemand.
193. Le Kansas, qui rejoindra l'Union le 29 janvier 1861, était divisé par le débat sur l'esclavage. Les premiers Américains à s'y installer dans ces années-là étaient des abolitionnistes du Massachusetts, qui cherchaient ainsi à endiguer l'expansion de l'esclavage en provenance du Missouri. Mais le 30 mars 1855, des « Border Ruffians » – des activistes partisans de l'esclavage – de cet État envahirent le Kansas alors que s'y tenait la première élection et permirent de façon

coercitive qu'une législature pro-esclavage soit élue et que la Lecompton Constitution soit adoptée le 7 novembre 1857, qui autorisait l'esclavage. Thoreau y fera longuement référence dans son plaidoyer pour l'abolitionniste John Brown, qui sera condamné à mort et pendu le 2 décembre 1859.

194. François Marie Charles Fourier (1772-1837), réformateur socialiste français, qui se proposait d'améliorer la condition humaine en réorganisant la société en communautés. La Brook Farm (1841-1847), ferme communautaire expérimentale créée par George Ripley (1802-1880) à West Roxbury, à une dizaine de kilomètres de Boston, compta parmi ses visiteurs Emerson lui-même, et parmi ses membres, l'écrivain Nathaniel Hawthorne (1804-1864). Les communautés utopistes constituent la thématique d'un article de Thoreau, « Paradise (to be) regained », paru dans *The United States Magazine, and Democratic Review*, en novembre 1843.

195. Le 12 septembre 1857, le steamer *SS Central America* sombra dans un ouragan au large de la Caroline du Nord. Seuls 153 des 578 passagers et membres d'équipage, ayant embarqué à La Havane, survécurent. La plupart revenaient *via* l'isthme de Panamá, des mines d'or de Californie. Il y avait à bord 21 tonnes d'or californien.

196. John Ruskin (1819-1900), artiste, poète, philosophe et critique d'art britannique. Thoreau avait lu d'octobre à novembre 1857 les quatre premiers volumes de *Modern Painters* (1843-1856), ainsi que *Seven Lamps of Architecture* (1848) et *The Elements of Drawing* (1857).

197. Thoreau avait lu au sujet de cette tribu sud-africaine le livre de Roualeyn Gordon-Cumming, *Five Years of a Hunter's Life in the Far Interior of Southern Africa* (1850), dans lequel il piocha une anecdote reprise dans « Walking », au sujet de la moelle du koudou et d'autres antilopes que les Hottentots mangeaient crue.

198. Le mont Washington (1 917 m), le mont Jefferson (1 741 m), le mont Madison (1 636 m) et le mont Lafayette (1 604 m) sont tous les quatre des pics dans la « Chaîne présidentielle » des White Mountains.

199. Umbagog Lake entre le New Hampshire et le Maine, au nord-est du mont Washington.
200. Reinhold Solger (1817-1866), académicien prussien qui a fui en Suisse après avoir participé à la Rébellion de Baden en 1848. Après avoir émigré aux États-Unis, il a vécu principalement de conférences et de reportages dans des journaux de Boston en matière d'affaires internationales. Franklin Benjamin Sanborn (1831-1917), diplômé de Harvard College en 1855, a enseigné durant sept ans dans une école préparatoire privée de Concord, à laquelle allèrent les enfants d'Emerson, Hawthorne, etc.
201. Thoreau était allé à l'Opéra lors de son passage à New York en novembre 1854, mais le spectacle ne l'avait guère impressionné. Deux semaines seulement avant cette lettre, il notait d'ailleurs dans son journal, le 29 octobre : « Quel est le compagnon le plus utile ? Celui qui a cueilli des baies et ramassé du bois, ou bien celui qui est allé à l'Opéra ces derniers jours ? Je me suis rendu compte quand j'ai dressé une clôture, que j'ai fait des travaux d'arpentage sur une ferme ou bien que j'ai cueilli des plantes médicinales, que c'était là le véritable chemin qui mène à la perception et au plaisir. Mon être semble avoir donné de nouvelles racines, plus solidement ancrées. C'est là la seule façon de briser la noix du bonheur. »
202. Il s'agit ici du *printer's devil*, le plus jeune apprenti dans une imprimerie.
203. Le lendemain de cette lettre, Thoreau retrouva Blake à Fitchburg, avant de gagner ensemble Troy, dans le New Hampshire, d'où ils partirent jusqu'au mont Monadnock. Ce même mois paraît dans *The Atlantic Monthly* son essai intitulé « Chesuncook », dont la publication sera brutalement interrompue en août après que le rédacteur en chef, James Russell Lowell (1819-1891), eut, sans l'autorisation de Thoreau, supprimé une phrase qu'il jugeait « hérétique ».
204. Dans sa belle-famille.
205. Sans réponse de la part de Blake, Thoreau et Hoar avaient reporté leur voyage. Ils quittèrent Concord le 2 juillet, à bord de leur attelage privé et campèrent le 4 près de Senter Harbor,

un village à la pointe nord du lac Winnepesaukee. Le 7, ils firent une halte à Glen Hose, d'où ils laissèrent un mot à Blake et entreprirent l'ascension du mont Washington, en compagnie d'un certain William H.H. Wentworth, qui leur servait de porteur. Ils y furent rejoints par Blake et Brown, et l'excursion botanique des cinq hommes dura jusqu'au 16 juillet.

206. Allusion à *Sartor Resartus: The Life and Opinions of Herr Teufelsdröckh* (1831) de l'écrivain Thomas Carlyle (1795-1881), dont le héros Diogenes Teufelsdröckh vit dans une ville fictive, Weissnichtwo, nom qui signifie « Je-ne-sais-où ».

207. Jeu de mots sur le mot *club* qui désigne aussi une « massue ».

208. Fondée par Harvey D. Parker en 1855, la Parker House était le premier restaurant et hôtel de Boston à l'époque de Thoreau. Le dernier samedi de chaque mois s'y réunissait le Saturday Club, dont les membres étaient Ralph Waldo Emerson, James Russell Lowell, Nathaniel Hawthorne, l'écrivain et médecin Oliver Wendell Holmes (1809-1894), le scientifique et enseignant de Harvard Louis Agassiz (1807-1873), le poète John Greenleaf Whittier (1807-1882) et Henry Wadsworth Longfellow. Thoreau avait refusé d'en faire partie.

209. Variante sur les premiers vers de « The Dragon of Wantley » (ancien nom de Warncliff, dans le Yorkshire, en Angleterre), ballade décrivant un héros local (More) qui avait vaincu un dragon grâce à une armure couverte de piquants.

210. Thoreau fait sans doute une allusion à une excursion qu'Emerson a faite en tant que membre de l'« Adirondack Club » (un rejeton du Saturday Club), sur l'Adirondack en août 1855. Il y avait là Lowell, Agassiz et l'avocat de Boston, Horatio Woodman. Ce périple inspira un poème, « The Adirondacks », à Emerson, et une toile, *The Philosophers' Camp in the Adirondacks* (1858), au peintre William James Stillman (1828-1901).

211. Le « sel » attique était une tournure d'esprit, un humour très subtil propre aux Athéniens de l'Antiquité.

212. À l'organisation duquel Emerson avait contribué. La vocation première de ce club éphémère était de trouver un loge-

ment et un emploi décents à Amos Alcott qui, en bon idéaliste, était toujours sans le sou.

213. Il en donna une première lecture partielle chez Blake, le 22 février 1859. Le texte définitif de « Autumnal Tints » paraîtra dans le n° 10 de *The Atlantic Monthly*, en octobre 1862.

214. Henry James Sr. (1811-1882), père du philosophe William James (1842-1910) et de l'écrivain Henry James (1843-1916), se passionnait pour la philosophie mystique d'Emmanuel Swedenborg (1688-1772).

215. Même si Thoreau fait bien allusion à des bûcherons « Dobson & Fils » dans le premier chapitre de *Walden*, il n'a pas été possible d'en retrouver la trace, pas plus qu'il n'y avait de Dobson enregistré dans la prison locale à cette époque. Il est donc impossible pour l'heure de savoir à qui Thoreau fait ici allusion.

216. Autrement dit : au diable !

217. Un grand cirque glaciaire à l'est du versant sud du mont Washington, auquel on a donné le nom du professeur de botanique et lichenologue d'Amherst College, Edward Tuckerman (1817-1886).

218. Genèse 13:12 : « Abraham s'établit au pays de Canaan et Lot s'établit dans les villes de la plaine ; il dressa ses tentes jusqu'à Sodome. »

219. Fleuve de 150 km environ, le long des White Mountains, qui va du Maine à l'Atlantique.

220. John Thoreau mourra le 3 février suivant.

221. En fait, il viendra faire cette conférence le mardi 22, soit dans l'école de Blake, au 1 Warren Block dans Pearl Street, soit au domicile de ce dernier, au 3 Bowdoin Street.

222. Voir note 79.

223. Thoreau a vraisemblablement lu cette histoire dans une note au livre 10 (v. 562) du *Paradis perdu* de Milton, qui s'était lui-même inspiré de l'historien romain Flavius Josèphe (37-100) qui racontait qu'on pouvait encore voir les restes des arbres de Sodome au nord de la mer Morte.

224. Le général Winfield Scott (1786-1866) qui publia en 1835 *Infantry-Tactics; or, Rules for the Exercise and Manœuvres of the United States' Infantry* en trois volumes.

225. La garde d'élite des empereurs romains.
226. Des soldats d'une tribu indépendante kabyle vivant dans les collines d'Algérie et du Maroc, les Zouaoua, s'enrôlèrent en 1830 dans l'Armée française et constituèrent deux bataillons de Zouaves.
227. Titillé par les récits que Thoreau lui en avait faits, Blake s'était lui-même rendu à Cape Cod, mais n'avait guère trouvé l'endroit à sa convenance.
228. Il avait été embauché par les propriétaires des moulins Richardson en juin 1859 pour arpenter la rivière, ses barrages et ses ponts.
229. Révérend Theodore Parker (1810-1860), pasteur de la Vingt-huitième Société de la Congrégation, qui se réunissait dans le Music-hall de Boston. Thoreau y donna une conférence le 5 septembre de cette année : « Life without Principle ».
230. Au cours de l'ascension du mont Wachusett en juillet 1859.
231. L'abolitionniste John Brown (1800-1859), que Thoreau avait rencontré à plusieurs reprises, avait été arrêté le 17 octobre précédent, au cours de l'assaut de l'arsenal de Harper's Ferry. Son procès s'était ouvert dix jours plus tard et le jugement – sa condamnation à mort – sera rendu le 2 novembre suivant. Thoreau qui avait été très marqué par la personnalité de Brown, par sa dignité durant son procès, plaidera ardemment sa cause, et lui consacrera pas moins de trois essais : outre celui mentionné dans la présente, il s'agit de « The Last Days of John Brown », *The Liberator*, 27 juillet 1860 et « Martyrdom of John Brown », repris dans *Echoes of Harper's Ferry*, édité par James Redpath en 1860. La veille de cette lettre, Thoreau avait donné sa conférence « A Plea for Captain John Brown » dans la sacristie de l'Unitarian Meetinghouse et avait été du même coup la première personne à prendre publiquement la défense de l'abolitionniste. Le 1er novembre, c'est devant un public de 2 500 personnes qu'il donna une nouvelle fois cette conférence, dans l'un des auditoriums les plus prestigieux de Boston, le Tremont Temple, et le 3 (le lendemain du jugement et de la condamnation à mort, alors que les journaux du jour venaient de publier le dernier discours de

Brown à la cour), Thoreau alla parler à Worcester, dans le Washburn Hall que Blake avait réservé pour l'occasion.

232. Thoreau avait été un des tout premiers lecteurs américains du « brûlot » de Charles Darwin, *On the Origin of Species*, dont l'édition américaine venait juste de sortir, et s'était montré extrêmement intéressé par la théorie de l'évolution.

233. Dans son essai « Walking », Thoreau explique ainsi cette opposition ontologique qu'il bâtit autour de la notion d'*est* et d'*ouest* : « Quand je sors de chez moi pour me promener, encore incertain quant à la direction où je porterai mes pas, et que je m'en remets à mon instinct pour qu'il décide à ma place, je constate, aussi étrange et fantasque que ça puisse paraître, que je finis par me diriger inévitablement vers [...] l'ouest. Le futur se trouve dans cette direction pour moi, et la terre semble plus inépuisée et plus riche de ce côté. [...] Je tourne en rond irrésolu, parfois pendant un quart d'heure, jusqu'à ce que je décide, pour la centième fois, de marcher vers l'ouest [...]. Je dois me forcer pour aller à l'est, mais à l'ouest je vais de mon plein gré. Nulle affaire ne m'y mène. Il m'est difficile de croire que je trouverai de beaux paysages ou une nature suffisamment sauvage et libre derrière l'horizon à l'est. Une promenade là-bas ne me remplit pas d'excitation, mais j'aime à croire que la forêt que je vois à l'horizon du côté ouest s'étend sans interruption vers le soleil levant. »

234. Dans l'Ancien Testament, Tophet est une ville située près de Jérusalem, dans la vallée de Hinnom, associée au culte du dieu du feu canaéen Moloch auquel des enfants étaient offerts en sacrifice. Ici, il faut le prendre au sens de synonyme d'enfer.

235. John Fremont (1813-1890) et Elisha Kane (1820-1857), deux des plus célèbres explorateurs américains à l'époque de Thoreau. Le premier explora en 1845 le Great Basin, la zone désertique qui va de la Sierra Nevada, au Columbia Plateau, aux montagnes Rocheuses, et aux déserts de Mojave. Le second, Kane, explora les régions arctiques en 1850 et en 1853-1855.

236. Genèse 49:17 : « Que Dan soit un serpent sur le chemin, / un céraste sur le sentier, / qui mord le cheval au jarret / et son cavalier tombe à la renverse ! »

237. C'est par ces mots, « Let us sing », que les prêcheurs terminent leurs sermons.
238. Montagne qui culmine à 965 mètres, dans le sud-ouest du New Hampshire. Ils y séjourneront du 4 au 9 août.
239. Sa sœur cadette Sophia (1819-1876). C'est elle qui, avec Blake et Emerson, s'occupa des papiers et manuscrits de Thoreau après sa mort.
240. La dernière visite connue de Blake à Concord remonte au mois d'octobre précédent.
241. Brown et Blake étaient passés en train par Monadnock pendant que Thoreau et Channing s'y trouvaient.
242. La première avait été bâtie par Thoreau en juin 1858, lors de son excursion à Monadnock avec Blake.
243. Zone publique chez les Indiens, qui servait aux jeux et à d'autres activités tribales.
244. Allusion au veau gras que le père fait tuer pour le retour du fils prodigue (Luc 15:11-32).
245. Lorsque Thoreau était allé pour la première fois aux White Mountains avec son frère John en 1839, ils séjournèrent à la modeste Notch House, construite onze ans plus tôt par Abel et Ethan Crawford.
246. La Crawford House ouvrit en 1850.
247. Titre d'un poème de Henry Wadsworth Longfellow (1807-1882), mis en musique par Michael William Balfe (1808-1870), et qui était un air très populaire à l'époque.
248. William Henry Harrison (1773-1841), neuvième président des États-Unis qui mourut un mois après son élection. John Tyler (1790-1862), son vice-président, lui succéda (1841-1845).
249. Emerson et le jeune Thoreau avaient grimpé au sommet Monadnock le 3 mai 1845, excursion qui avait inspiré un long poème au premier, « Monadnoc ».
250. Joseph Fassett (1795-1858) était né à Fitzwilliam, au sud de Monadnock, et avait épousé Tabitha Wright dont il avait eu six fils et trois filles. Il était mort depuis deux ans au moment où Thoreau écrit cette lettre.
251. Allusion au *Prometheus Unbound: A Lyrical Drama in Four Acts* (acte I, v. 41-43) de Shelley : « Pendant que de leurs

bruyants abîmes accourt, hurlante, la foule des Génies de la tempête, excitant la rage du tourbillon, et qu'elle accable d'une grêle aiguë. »

252. Thoreau entend par là que Fassett était alcoolique.
253. Pour augmenter le tourisme au mont Washington, l'Atlantic & St. Lawrence Railroad fit construire une route qui allait de Pinkham Notch jusqu'au sommet de la montagne, où fut bâtie la Glen House, en 1852.
254. Albert Edward, prince de Galles (1841-1910), futur roi Édouard VII en 1901, fut le premier membre de la famille royale britannique à se rendre aux États-Unis, en septembre-octobre 1860.
255. Jeu qui consiste à grimper le plus haut possible sur un bouleau avant qu'il ne se courbe sous son poids.
256. Edward Everett (1794-1865), homme politique américain, sénateur et gouverneur du Massachusetts, candidat malheureux à la vice-présidence du pays en 1860.
257. Genèse 1:3 : « Dieu vit tout ce qu'il avait fait et Dieu vit que cela était très bon. »
258. Épître aux Hébreux 12:22-23 : « Mais vous vous êtes approchés de la montagne de Sion et de la cité du Dieu vivant, [...] d'un Dieu Juge universel, et des esprits des justes qui ont été rendus parfaits. »
259. Thoreau s'arrêta bel et bien à Worcester, où il dormit chez Blake.
260. Fin février, Brown et Blake étaient venus en patins à glace et à pied de Worcester à Concord, rendre visite à Thoreau.
261. Le Dr Josiah Bartlett, le « Dr B. » dont il est question dans le dernier chapitre de *Walden*.
262. Thoreau sera finalement accompagné par le jeune journaliste Horace Mann Jr.

PAPIER À BASE DE FIBRES CERTIFIÉES

Le Livre de Poche s'engage pour l'environnement en réduisant l'empreinte carbone de ses livres. Celle de cet exemplaire est de :
450 g éq. CO_2
Rendez-vous sur
www.livredepoche-durable.fr

Composition réalisée par Nord Compo

Imprimé en France par CPI
en mai 2015
N° d'impression : 2014899
Dépôt légal 1re publication : octobre 2013
Edition 03 - mai 2015
LIBRAIRIE GÉNÉRALE FRANÇAISE
31, rue de Fleurus - 75278 Paris Cedex 06

31/6380/5